汉斯王国

砍柴斯基

巨石

黑海

大家迷路的地点

银色独角兽

追寻联盟

〔瑞典〕巴布鲁·林格伦 著
〔瑞典〕爱娃·埃里克松 绘
王梦达 译

人民文学出版社
PEOPLE'S LITERATURE PUBLISHING HOUSE

著作权合同登记号　图字 01-2016-7105

图书在版编目(CIP)数据

追寻联盟/(瑞典)巴布鲁·林格伦著;(瑞典)爱
娃·埃里克松绘;王梦达译. —北京:人民文学出版
社,2017
(银色独角兽)
ISBN 978-7-02-012318-6

Ⅰ.①追… Ⅱ.①巴… ②爱… ③王… Ⅲ.①儿童小
说-中篇小说-瑞典-现代 Ⅳ.①I532.84

中国版本图书馆 CIP 数据核字(2017)第 045998 号

责任编辑:朱卫净　尚　飞　汤　淼
装帧设计:李　佳

出版发行　人民文学出版社
社　　址　北京市朝内大街 166 号
邮政编码　100705
网　　址　http://www.rw-cn.com

印　　刷　山东德州新华印务有限责任公司
经　　销　全国新华书店等

字　　数　70 千字
开　　本　890 毫米×1240 毫米　1/32
印　　张　5.25
版　　次　2017 年 5 月北京第 1 版
印　　次　2017 年 5 月第 1 次印刷

书　　号　978-7-02-012318-6
定　　价　28.00 元

如有印装质量问题,请与本社图书销售中心调换。电话:010-65233595

目　录

主要人物

鸭　　鸭	铁皮发条鸭
汉　　斯	小男孩
麝　　鼠	俄罗斯麝鼠
艾　　伦	长毛绒大象
熊 大 叔	秃头泰迪熊
软 木 塞	香槟酒瓶塞
冷 杉 果	冷杉树的球果
马　　克	橡胶猴子
小　　丫	针织小鸭子
悲伤松塔	葬礼上的装饰松塔
斑 点 熊	泰迪熊宝宝
蜂 窝 煤	破破烂烂的长毛绒小狗
石　　球	石头小球
松　　塔	松树的球果

第一章

汉斯王国突然响起咚咚的鼓点声。这在以前可从没有过，着实让大家吓了一跳。斑点熊最先听见了这一不寻常的动静，当时她正坐在纸箱学校外，琢磨着今天会发生什么好玩的事。

蜂窝煤趴在纸箱里呼呼大睡，他的呼吸沉重而缓慢——当然，上了年纪的狗都这样。不过和老态龙钟的长毛绒大象艾伦相比，蜂窝煤简直可以说得上风华正茂。

很久很久以前，蜂窝煤和艾伦曾做过同班同学。那时艾伦年轻貌美，只不过作为一头大象，她的行为实在有些怪异。她不喜欢在地上奔跑或是发出嗷嗷的叫声，而着迷于在树丛中跳来跳去，收集各种各样的坚果。考虑到她的成长背景，这倒也不难理解：艾伦幼时曾被一只松鼠收养，只学习过松鼠的知识和本领。如今，艾伦连稍稍走动一下都有困难，只能坐在松枝上，任由锯末一点一点从身体里掉出来。

1

自从多了悲伤松塔这位房客，艾伦的日子好过了许多。每次她掉下松枝后，悲伤松塔都会赶紧将她推上去；每天夜里，悲伤松塔都会哼唱催眠曲伴她入睡。所谓的催眠曲是一首名为《啊，逐渐凋零的森林》的颂歌，那还是悲伤松塔出席葬礼时学会的，从前很长一段时间内，他都住在花圈上，任由长长的丝带迎风飘扬。

鼓点声距离纸箱学校越来越近。无奈之下，蜂窝煤只好睡眼惺忪地爬出纸箱。

"听，咚咚咚！"斑点熊欢呼。

"嗯，听见啦。"蜂窝煤说。

"斑点熊想跳舞，斑点熊想跳舞！"

她迈开独特的舞步，渐渐跳远了。

"别跑太远！"蜂窝煤叮嘱道。

斑点熊是个急性子。一旦发生新鲜事，她就会立刻跑得无影无踪。每一次，蜂窝煤都以为再也见不到她了。

不过这次，她没过多久就跑了回来，身边跟着一只鸭子，浑身上下都是铁皮，屁股后面装着一个发条，正在咚咚咚地敲小鼓。

"鸭鸭会敲鼓！"斑点熊迫不及待地宣布自己的新发现。

"我看出来了，鸭鸭叫什么名字？"

铁皮发条鸭朝蜂窝煤深深鞠了一躬。

"我就叫鸭鸭。"

"这样啊。鸭鸭从哪儿来？"

"我从马戏团来。"

蜂窝煤立刻来了兴趣。

"是真的马戏团吗，什么都有的那种？"

"是啊。不过今天早上我一睁眼，马戏团就不见了。"鸭鸭说。

"所以鸭鸭不是自己走丢的？"蜂窝煤上下打量着他。

"不是。要说有谁走丢的话，应该是马戏团才对。"鸭鸭说完，重重地敲出几声鼓点以示强调。

正在这时，熊大叔拎着留声机出现在纸箱前。他一直痴痴凝视着草地上不停转圈的斑点熊，过了好一会儿才注意到鸭鸭。

"请问阁下尊姓大名？"熊大叔文绉绉地打了个招呼。

铁皮发条鸭惊恐得不知所措。

"割下？割什么？"

"我是说该怎么称呼。"

"这位是鸭鸭。"蜂窝煤站出来打圆场。

"嗯，确实是副鸭子的模样。"熊大叔哼了一声，"他在这儿干吗？"

鸭鸭拼命往纸箱后面躲。

"他本来是马戏团的鸭子，"蜂窝煤解释道，"可是马戏团不见了。"

熊大叔又哼了一声。谁信啊？马戏团那么大，怎么可能凭空消失呢。

但他的注意力很快转移到鸭鸭胸口的小鼓上。

"鸭鸭会演奏泰迪熊贝多芬的第五交响乐吗？"

鸭鸭一脸迷茫。他只会演奏马戏团音乐，从没听过什么第五第六交响乐。

"除了马戏团，鸭鸭还有其他爱好吗？"熊大叔以审问的姿态发问。

可惜的是，关于这个问题，鸭鸭只能想到马戏团。他是只完全空心的铁皮鸭子，身体里既没有毛絮也没有锯末作为填充，能够掌握马戏团的概念已经非常不容易。

"可以请鸭鸭稍微敲两下鼓吗？"

鸭鸭举起鼓棒，使出全身力气敲了下去。声浪的强烈冲击差点将熊大叔掀翻在地，蜂窝煤躲在纸箱后面，庆幸逃过一劫。

敲鼓表演在减弱的密集鼓点声中结束，蜂窝煤和斑点熊都鼓起掌来。

熊大叔持保留意见。怎么说呢，鸭鸭的技术谈不上有多好，可也算不上坏。要是加以点拨，泰迪熊贝多芬的第五交响乐还是大有希望的。

"哪天有空时，鸭鸭可以来我家练习练习嘛。"熊大叔摆摆手，"有什么困难尽管找蜂窝煤，谁让我们是追寻联盟的好兄弟呢！我先走啦，再会！"

"再会！追……追寻联盟的好兄弟！"蜂窝煤结结巴巴地回应道。他又把追寻联盟的含义忘得一干二净，只记得那是一个兄弟联盟，联盟成员除了自己和熊大叔以外，还有俄罗斯麝鼠。至于这个联盟成立的目的和意义，他则完全没有头绪。

熊大叔离开后，气氛立刻变得轻松起来。铁皮发条鸭小心翼翼地环视四周。

"这片树林很大吧？"他问。

"嗯，非常非常大。"蜂窝煤说。

"还有谁住在里面？"

蜂窝煤陷入沉思。

"那可就多啦！就说麝鼠吧，他是从俄罗斯一路顺水漂过来的。他是个诗人，平时喜欢躺在红色小毛毡上搞创作；还有艾伦，她已经老得走不动路了，经常一头栽下来。我们以前是同班同学，现在不怎么联系了。她住的松树就离这儿不远……"

蜂窝煤还想继续往下说，斑点熊已经有些不耐烦。

"斑点熊想和鸭鸭玩躲猫猫！"

于是他们一溜烟跑远了。斑点熊蹦蹦跳跳地在前面带路，鸭鸭摇摇摆摆地跟在后面。

他们绕过黑海，在麝鼠的洞口边停了下来。斑点熊朝洞内喊道：

"喂！麝鼠！我们来啦！"

没过多久，麝鼠毛茸茸的贝雷帽便从洞口探了出来。斑点熊的出现让麝鼠眼前一亮——当然了，斑点熊是大家的开心果，谁都想和她住在一起。要不是看在蜂窝煤先发现她的分上，大家肯定不同意她长住在纸箱学校。

"鸭鸭会敲鼓！"斑点熊兴奋地宣布。

"是吗？以前在俄罗斯的时候，我也认识一只会敲鼓的鸭子。"麝鼠有些激动，"鸭鸭不该会就是从俄罗斯来的吧？"

鸭鸭有些犹豫。

"鸭鸭是从马戏团来的！"斑点熊大声嚷嚷，"来，敲个鼓给他听听！"

铁皮发条鸭于是听话地敲起鼓来，斑点熊在一旁打着旋儿伴舞。最后，麝鼠实在被吵得头晕，不声不吭地缩回洞里，用毛毡裹住脑袋。

"我们去给悲伤松塔看看！"斑点熊提议。

铁皮发条鸭紧随其后。反正闲着也是闲着，再说他从来没拿过主意，既然斑点熊很有想法，不如让她

做主好了。

"悲伤松塔就住那儿!"斑点熊指向一棵松树。

铁皮发条鸭上上下下瞧了好久,也没发现什么松塔,只看见一条迎风招摇的长丝带,上面写着一行他完全不认识的文字。但斑点熊已经迫不及待地大声嚷嚷起来:

"悲伤松塔,你在哪儿呢?"

一只硕大的松塔从洞里钻了出来。他以前住在葬礼花圈上，遭到抛弃后才在松树上安了家。由于这段悲惨经历，悲伤松塔一度非常绝望。好在蜂窝煤的老同学艾伦收留了他。一旦发现艾伦掉落松枝，悲伤松塔会及时推她上去，所以尽管彼此交流并不多（大部分时间里，艾伦都在呼呼大睡），他们相处得还算融洽。

"斑点熊从哪儿找来一只铁皮发条鸭？"悲伤松塔打趣地问。

"这是斑点熊的小秘密！"斑点熊得意地说，"我们走啦！"

临走之前，鸭鸭隐约瞥见松枝上垂下一根灰色的象鼻子，可又不能确定。斑点熊急着往前赶路，鸭鸭稍有疲倦或松懈，她就会严厉督促道："快敲两下给自己鼓劲！"

于是鸭鸭就听话地咚咚敲起鼓来。

汉斯王国的树林远比鸭鸭以为的要大。抵达月光河畔时，鸭鸭突然感到一阵恐惧。铁皮发条玩具和毛绒玩偶一样怕水：毛绒玩偶吸水后变得沉甸甸的，会

咕嘟一下沉下去；铁皮一旦碰水就容易生锈，发条拧
也拧不动。

月光河畔可不止他们两个。汉斯正坐在一块石头
上，小丫在一旁的小推车里呼呼大睡。

"快看鸭鸭！"斑点熊嚷嚷起来。

"我知道，"汉斯不紧不慢地说，"是我先找到他
的。对吧？"

他转头看着鸭鸭。

鸭鸭确实不能否认，汉斯是在汉斯王国以外的地
方发现他的。汉斯将鸭鸭放进小推车，驶过紫丁香
丛，穿过小洞进入汉斯王国。但小推车的速度太快，
鸭鸭不知什么时候被颠了出来。

"快上车，我带你们走！"汉斯说。

斑点熊和鸭鸭都不愿意坐进汉斯的小推车。

"我们自己走！"说完，他们头也不回地跑远了。

他们就这样跑啊跑啊，直到夜幕降临才停下脚步。

这是铁皮发条鸭在汉斯王国度过的第一晚，他就睡在蜂窝煤纸箱外。一开始，蜂窝煤还想在《中国的内政》和《绞刑的真相》中间给鸭鸭腾出点地方，但当他和斑点熊睡下后，蜂窝煤才发现，纸箱已经挤得满满当当，一点缝隙都没有了。

这是一个月朗星稀的夜晚，微风带来一丝暖湿的

气息。只有麝鼠还不能安睡，他坐在洞口外的毛毡上，目不转睛地仰望星空。他深深思念着俄罗斯以及家乡的三十九个兄弟姊妹。想到以后或许再也见不到他们，麝鼠忍不住哭泣起来。汉斯王国当然很好，但俄罗斯……那才是属于自己的家。和他一样，麝鼠的兄弟姊妹也都是天生的诗人。

麝鼠抽泣着，用颤抖的手翻开笔记本，提笔写道："啊，无与伦比的俄罗斯麝鼠们……"

他写得很慢很慢，这是俄罗斯诗人的一贯风格。尽管这是他今晚创作的唯一一行诗句，但酝酿出如此精彩的开头，麝鼠已经很满足了。

第二章

　　第二天清晨，铁皮发条鸭早早就醒了。隔着纸箱壁，他能听见蜂窝煤沉重的鼾声，以及斑点熊断断续续的呓语。鸭鸭突然涌起一股演奏的强烈冲动，趁情绪还没有全面爆发，他及时跑进树林，这才放心地咚咚咚敲起鼓来。

　　鸭鸭很快来到一片牧场，冷杉果们有的缺了胳膊，有的折断了腿，正在哼哼唧唧地喧闹个不停。没过多久，鸭鸭就注意到冷杉果的反应十分迟钝，他特意放慢脚步，多加了几个鼓点，这才继续往前走。

15

走着走着，鸭鸭突然愣住了：没看错吧？树林正中躺着一只麦片铁罐！

就在这时，麦片铁罐的盖子啪的一声飞了出去，橡胶猴子马克驾驶摩托车直冲出来。

"咚咚咚，真带劲！"马克高声称赞道，一个急刹车停在铁皮发条鸭面前。"快来加入我的摇滚乐队吧！"

这突如其来的好消息让鸭鸭浑身暖洋洋的，他从没奢望过还能在摇滚乐队里担任鼓手。

16

"快进来！"

鸭鸭小心翼翼地迈进铁罐。墙壁，地板，天花板……四周都是和他一样的铁皮！前所未有的亲切感让鸭鸭感到一阵幸福的晕眩，他仿佛回到久别重逢的旧居，只不过里面充满了用来演奏摇滚乐的小玩意。

"开始吧！"马克有些迫不及待。

于是鸭鸭上下挥舞鼓棒，将鼓敲得震天响。马克一手用树枝打着节拍，一手将胶囊摇得沙沙响，忙得不亦乐乎。

他们迅速沉浸在摇滚乐的演奏中，将氛围烘托得越来越炽热。直到铁罐外响起砰砰的敲击声，他们才停了下来。

"快把盖子打开！"熊大叔怒气冲冲地命令道。

马克打开盖子，探出脑袋。

"怎么了？消消气，老混混！"

"什么乱七八糟的音乐？！马上给我停了！"熊大叔嚷嚷。

这时，他突然看见铁皮发条鸭。

"你把可怜的鸭鸭关在里面干吗？"

"你没听见吗？他也在摇滚呢！"马克得意地说。

熊大叔露出厌恶的神情，不屑地哼了一声。他一向讨厌橡胶猴子，马克就是个很好的例子。

"铁皮发条鸭不应该和橡胶猴子为伍。"熊大叔高傲地说，"橡胶猴子缺乏文化素养，行为举止也很粗鲁。"

鸭鸭一声不吭地站着。面对霸道的熊大叔，他大气都不敢出。

马克可不吃这一套。

　　"不爱听你可以走啊！"马克扔下这么一句，砰的一声将熊大叔关在外面，继续沉浸在摇滚乐的世界中。他们就这样敲敲打打了整整一天，直到筋疲力尽，才在铁罐里沉沉睡去。

　　就这样，马克的麦片铁罐成为了铁皮发条鸭的新家。

第三章

蜂窝煤的纸箱学校已经停课许久。一方面原因是他的学生都已经厌倦了学习狗类知识，另一方面原因是蜂窝煤年事已高，没法像从前那样把课本舔得干干净净。

自从斑点熊搬进纸箱后，蜂窝煤将全部精力投入在照顾和看护方面，根本没有时间备课。这也难怪，在大家心目中，斑点熊是位至高无上的小公主，可以随心所欲，无拘无束。

这天早晨，蜂窝煤很晚才醒。等他挪出纸箱时，太阳已经高高地挂在半空了。

和往常一样，斑点熊早就跑得无影无踪了。好在蜂窝煤已经开始习惯这种生活，不像刚开始那样忧心忡忡。

"出去散散步或许不错。"蜂窝煤自言自语，"好久没去看艾伦了，也不知道她过得如何。"

说起来，艾伦还是蜂窝煤的初恋呢。他们以前是同桌，课间休息的时候，蜂窝煤总会收集坚果送给艾伦。

　　他的确已经很久没见过艾伦了。好几天前，熊大叔曾经路过艾伦的松树，被结结实实吓了一跳：艾伦病得很厉害，几乎掉光了身体里的所有锯末，对熊大叔的呼喊也毫无反应。

　　根据房客悲伤松塔的说法，艾伦昏睡的时间越来越久，整个夏天里，她几乎从没醒过。

　　站在艾伦的松树下，蜂窝煤感到既震惊又绝望。

艾伦就像一块抹布似的挂在松枝上，长鼻子空瘪瘪地耷拉下来。

"艾伦！艾伦！"蜂窝煤呼喊道。

对方完全没有反应。

"喂！悲伤松塔，你在吗？"

答案是否定的，悲伤松塔不在家。

蜂窝煤轻轻拽了拽艾伦的长鼻子，她依然一动不动。

"她不会死了吧？"蜂窝煤自言自语。

目前为止，蜂窝煤认识的朋友中还没有谁死过。不过他听说其他的王国发生过死亡事件，要是艾伦真的死了，他必须第一时间通知熊大叔，共同讨论葬礼的筹备方案。

熊大叔向来喜欢离群索居，因此住得十分偏僻，偏僻到谁都不知道他家的确切地点。

蜂窝煤只好漫无目的地转来转去，边走边喊："熊大叔！你在哪里？"

过了好一会儿，远处的松树后传来一个气鼓鼓的声音：

"谁在哇啦哇啦?"

"是我!"蜂窝煤赶紧竖起耳朵辨别声音的方向。

"原来是追寻联盟的好兄弟啊。"熊大叔气消了一半,拎着留声机钻出来,"来点泰迪熊贝多芬怎么样?"

"不用不用,"蜂窝煤连连摆手,"我来是要告诉你一件重要的事。"

"哈,是嘛!这次轮到哪个倒霉鬼?还是艾伦又从树上摔下来了?"

"艾伦她……她好像死了,真的死了。"蜂窝煤表情十分严肃,丝毫不像是开玩笑。

"你是说，我们的老同学很可能死了？"

蜂窝煤郑重其事地点点头。

熊大叔难以掩饰自己的激动之情。

"这么说来，我们要为她举行葬礼！一场隆重的葬礼！悲伤松塔自然是少不了的，还有麝鼠。至于铁皮发条鸭，如果他能敲出泰迪熊贝多芬的葬礼进行曲，那倒是可以考虑。"

熊大叔滔滔不绝的设想演说让蜂窝煤感到一阵眩晕。

"要不……我们还是先去艾伦那里瞧一瞧再说？"

熊大叔欣然同意。本着对联盟成员绝对坦诚的原则，他认为应该先通知麝鼠，再一起行动。

麝鼠坐在洞口外，忧伤地望着前方。

"据说我们的老同学艾伦死了。"熊大叔直截了当地说，"我们正打算去一探究竟。麝鼠要不要一起过去，顺便商量一下葬礼的安排？"

麝鼠的情绪立刻振作起来。俄罗斯的葬礼就像一场盛宴：在巴拉莱卡琴的伴奏下，大家尽情地跳着哥萨克舞。

他们很快来到艾伦的松树下。艾伦依然软塌塌地挂在树上，只不过树下的锯末堆又高了一点。

悲伤松塔已经回到家，正忙着整理储藏室，因此过了好一会儿才看见他们。

"节哀顺变。"熊大叔先开了口。

"啊？节什么哀？有谁死了吗？"

"悲伤松塔的房东，我们的老同学——艾伦死了。"熊大叔解释道。

悲伤松塔一脸迷茫地打量他们。

"你们搞错了吧？她没死，只是睡着了而已。"

熊大叔摇摇头。

"你难道没发现吗？她的锯末都掉光了，象鼻子也瘪了——她肯定死了！愿她的灵魂得到安息！来，我们一起把她拉下来。"

蜂窝煤和麝鼠分别抱住艾伦的两条腿，拼命往下拽。

"你别站着不动啊！"熊大叔对悲伤松塔说，"快过来帮帮忙！"

悲伤松塔一脸为难。

"恐怕不行……"

"不行？怎么不行？"

"我没有手啊！"

话音刚落，艾伦砰的一声掉在地上，扬起一团尘雾。四周顿时安静下来。

熊大叔摸了摸她的额头——软绵绵，空荡荡的。悲伤松塔将耳朵贴在她皱巴巴的胸口仔细听了听，但里面静悄悄的，什么声音也没有。

"她死了！"熊大叔宣布道，兴奋得直搓手，"亲爱的朋友们，现在该考虑举行葬礼了！"

尽管出席过许多场葬礼，悲伤松塔却一点也高兴不起来。他已经习惯了和艾伦生活在一起，现在他只觉得孤独和失落。

"别难过！"蜂窝煤安慰道，"我们可以把她埋在锯末堆下面，这样你还是和她在一起啊！"

熊大叔已经开始筹划葬礼的内容。麝鼠负责朗读一首悲伤的诗；蜂窝煤负责发表一篇关于死亡的演讲；铁皮发条鸭负责敲出泰迪熊贝多芬的葬礼交响曲作为伴奏。但他绝不欢迎橡胶猴子出席，还有石球！要是她敢半路滚进来搅局，熊大叔一定会把她狠狠地扔出去！

鲜花是一定要准备的，最好是一只花圈。

蜂窝煤紧张地踱来踱去。熊大叔肯定会分配给他扎花圈的任务，不过是时间早晚的问题。

"蜂窝煤老兄，你可以为我们的老同学扎一只花圈吗？"

"恐怕我胜任不了。瞧，我的眼睛都快掉出来了，根本看不清东西。"

"好吧。那你总能找点什么安放艾伦吧，类似棺材之类的？"

蜂窝煤感到巨大的压力，他依稀记起在距离麦片铁罐不远的灌木丛里曾经看到过一只纸箱。运气好的话，他既可以拿到纸箱，还能顺便找找斑点熊——说起来，她又不知跑到哪里去了。

蜂窝煤刚打算悄悄溜走，汉斯驾着小推车风风火火地赶了过来，小丫和斑点熊正亲密地挤坐在车内。

斑点熊又一次平安归来，这让蜂窝煤放心地松了口气。

"你们凑在这儿干吗？"汉斯问。

"我们的朋友艾伦死了。"熊大叔郑重宣布。

汉斯举起艾伦，锯末从她身体里纷纷扬扬地飘落下来。

"她的内心还活着！"

"死了就是死了。"熊大叔纠正道，"我正在筹备艾伦的葬礼。现在我们还缺一把挖坑的铲子。"

"我有我有！"汉斯大声说。

"还有鲜花……"

"我可以摘花！我能摘好多好多的花！"斑点熊自告奋勇。

熊大叔用怜爱的目光注视着她。多可爱的斑点熊啊，想不喜欢她都难。

"那就剩花圈了，谁能扎花圈？"

熊大叔瞪大眼睛扫视周围。

汉斯认真想了想，然后肯定地说：

"我能！"

"我也能！"悲伤松塔附和道。

熊大叔疑惑地看了看悲伤松塔。

"你打算怎么扎花圈？你有手吗？"

"我可以把自己固定在钉子上，让丝带垂下来当
手嘛。"悲伤松塔有些沮丧。

这倒是真的，悲伤松塔可是葬礼花圈必不可少的

一部分。确切说，葬礼正是悲伤松塔存在的意义！

接下来是邀请宾客的问题。他们的选择很有限：艾伦死了，石球和橡胶猴子坚决不予考虑。

冷杉果的脑子实在不灵光，一定会把葬礼当成婚礼，前仰后合笑个不停。

小松塔倒是不笨，但他毕竟缺乏出席葬礼的经验，搞不好会破坏气氛。

还有谁呢？铁皮发条鸭当然是重要宾客之一，但问题在于他住进了麦片铁罐，很有可能把葬礼的消息泄露给马克。他们必须思考出防范的对策。

"还有香槟酒瓶塞！我们要邀请他吗？"汉斯问。

"邀请他？！你们是想要我的命吗？！"熊大叔嚷嚷道。

不，疯疯癫癫的软木塞绝不在考虑范围内。

下一步是确定葬礼日期。

"随便哪个周四好了。"熊大叔做出决定。和星期五相比，星期四出现得更为频繁一些。再说距离星期四还有一段时间，他们可以不慌不忙地进行准备工作。

商量妥当之后，大家互相道别，分头回家。天色渐晚，黑暗缓缓地笼罩在树林之上。

第四章

夜深了，麝鼠蹑手蹑脚地走到艾伦的松树下。他还在酝酿为葬礼朗诵的诗，思考怎样的措辞能够充分表达悲伤。辗转反侧中，他听见松树上传来轻微的抽泣，于是循着声音找了过来。

麝鼠抬起头，小心地望向微微飘动的丝带，恰好撞上悲伤松塔投来的哀伤目光。

"亲爱的悲伤松塔，愿意的话，我可以陪你说说话。"麝鼠说。

悲伤松塔流露出感激的神情。自从艾伦死后，他就陷入孤单和绝望。

麝鼠感同身受。在俄罗斯的时候，他和三十九个兄弟姐妹组成一个热热闹闹的大家庭，而现在，他孤零零地住在洞里，陪伴他的只有一块红色的小毛毡，一支铅笔，一根绳子，一本笔记本和俄罗斯带来的肉豆蔻。

悲伤松塔纵身一跳滚落在地，麝鼠伸出胳膊紧紧

拥抱住他。

悲伤松塔的眼泪汹涌而出，麝鼠体贴地帮他拭去。

"你想不想去黑海边坐一会儿，一起看看星星？"麝鼠提议道。

"嗯。"悲伤松塔抽抽搭搭地说。

悲伤松塔和麝鼠都很喜欢在欣赏星空的同时，思考一些高深莫测的问题。以前，他们经常一起坐在黑海边分享心中的感受。

麝鼠特意带了毛毡铺在沙滩上，微凉的夜里，小小的毛毡让他们感到一丝温暖。

这天晚上星星并不多，只有零零星星的几颗，在夜幕中发出璀璨的光芒。

"生命就是这样，"麝鼠说，"我们必须经历相遇，离别，甚至死亡。"

悲伤松塔重重地叹了口气。出席过那么多场葬礼，他本应清楚地认识到，死亡是生命不可避免的一部分，然而他无法接受死亡降临在艾伦身上。如今，艾伦静静地躺在松树下，等待着复活和救赎。

"说不定她会变成天使呢，"麝鼠安慰悲伤松塔，"她会穿上白色的裙子，长出一对洁白的翅膀，在松树上飞来飞去。"

在俄罗斯的时候，麝鼠曾经听说过，许多大象在死后成为天使，自由地飞翔在天空中。

悲伤松塔的情绪渐渐振奋起来："变成会飞的天使！果真如此，艾伦再从树上掉下来的话，就可以自己飞上去啦！"

"那当然，"麝鼠肯定地说，"这样一来你就轻松多啦。要是你把丝带绑在她身上，还能跟着一起飞呢!"

星星渐渐黯淡下来,麝鼠拖着疲倦的步伐往家走。悲伤松塔早已不再伤心,而是满心喜悦地期待着艾伦完成天使的变身以及未来的飞翔之旅。

第五章

新的一天拉开了序幕。汉斯和小丫一大早就爬了起来，开始为花圈的事伤脑筋。一朵花都没有，更别提什么花圈了。

"为什么所有事都由熊大叔说了算？"汉斯在纸箱外碰见蜂窝煤，不服气地抱怨道，"论个头，我可比他大多了。"

这下可把蜂窝煤问住了。凡事都由熊大叔说了算，这好像已经是不成文的规定。

"为什么？"汉斯追问。

"因为……不然的话，熊大叔会发脾气的。"蜂窝煤思考了一会儿，做出自己的判断。

"我也会发脾气啊，"汉斯说，"可一切还是熊大叔说了算。你就不能替他做主吗？"

蜂窝煤摇了摇那颗衰老的脑袋。在纸箱学校，课本，挖洞这些方面，他绝对有信心说了算。但他不能替熊大叔做主，不能就是不能。

准确地说，没有谁能做得了熊大叔的主——斑点熊除外。有一次，她居然命令熊大叔玩过家家游戏，要知道，熊大叔是最讨厌玩游戏的。

"要是马克也能来参加葬礼就好了，你不觉得那会很有意思吗，蜂窝煤？大家都想邀请马克，你就不能做一回主吗？"

蜂窝煤又摇了摇头，他可不想惹怒熊大叔。

"那我去和斑点熊说。"汉斯说。

"斑点熊出去玩了。"

"我这就找她去！"

汉斯驾着小推车，一溜烟跑远了。

蜂窝煤回想起熊大叔颐指气使的点点滴滴，越来越感到不安。他开始扪心自问。

无论心情如何，都要欣赏泰迪熊贝多芬的音乐，他真的愿意吗？

不。

无论理解与否，都要加入所谓的追寻联盟，他真的愿意吗？

不。

但他必须这么做，因为一切都由熊大叔说了算。

只要熊大叔在场，他就不能挖洞，因为这在熊大叔看来，不符合一个知识分子的所作所为。

还有一次，他嘴里叼着骨头高高兴兴地往家走，迎面撞见了熊大叔。对方眼神里的鄙夷和轻蔑，他这辈子也忘不了。

不过这已是既成事实。他既不能躲过泰迪熊贝多芬的音乐，也无法退出追寻联盟。

现在，他还必须去找一只用来充当棺材的纸箱。

蜂窝煤叹了口气，穿上毛衣，踏上寻找纸箱的旅程。

在树林里转悠了好一会儿后，汉斯突然发现一个翩翩起舞的小身影，怀里抱满了五颜六色的鲜花。是斑点熊！

"斑点熊摘了花！"她欢呼起来，"好多好多的花！"

汉斯又惊又喜。花肯定都开在树林的另一边，难怪他一朵也没找到。

"你打算把花给谁呢？"

"给汉斯！"斑点熊说。

这句话提醒了汉斯——葬礼的花圈！可他根本不

会扎花圈。他当时之所以一口答应下来，完全是慑于熊大叔的威力。

"斑点熊，你会扎花圈吗？"

斑点熊摇了摇可爱的小脑袋。

"我会！"汉斯的口袋里传出小丫的声音。

"你就算了吧，我们去找麝鼠问问。"汉斯说。

麝鼠正在家里忙着为艾伦的葬礼写诗。昨晚和悲伤松塔聊过天后，他从天使和飞翔中获得了灵感，满意地写下第一句：

"艾伦即将飞上天空……"

接下来比较麻烦，他能想到的唯一一个和"天空"押韵的词就是"冲锋"。但是在葬礼上说冲锋什么的，似乎不太合适。

斑点熊捧着鲜花欢天喜地地出现在洞口，麝鼠那颗俄罗斯小心脏顿时兴奋得怦怦直跳。要是斑点熊能和自己住在一起该有多好！

"麝鼠，你来扎花圈，我不会扎。"汉斯嘟嘟囔囔。

"可我也不会啊。"

"你不是有根绳子吗？"

"有是有……"麝鼠边说边钻回洞里。他东翻翻，西找找，花了好长时间才把绳子拖出来。

"这可是俄罗斯的绳子，"他的语气中充满不舍，

"它躲在贝雷帽里，跟着我一路漂过来的。"

他们将斑点熊摘来的鲜花铺在地上，然后一朵朵绑在绳子上。刚开始看起来有点奇怪，但随着鲜花越绑越多，一只像模像样的花圈渐渐出现在大家眼前。

"绳子用完了就还你。"汉斯说。

麝鼠点点头。这太好了，他本来就没多少东西。除了一条红色小毛毡，一支铅笔，一块橡皮擦和一本笔记本，他的家当也只有一顶贝雷帽，一根绳子，一只花生壳杯和一只肉豆蔻。

扎好花圈，麝鼠又想起写诗的事。

"汉斯，你能帮我想想吗，有什么词和'天空'押韵？"

汉斯认真思考了一会儿。

"大洞！比如沙坑里陷下去的那种！"

麝鼠还是不满意，"大洞"这个词实在不符合诗的语言风格。

他钻回洞内，继续冥思苦想。

汉斯将花圈放进小推车，继续往前走。

"要是见到熊大叔，"他转过头叮嘱斑点熊，"你就和他这么说：'斑点熊想要橡胶猴子参加！'记住了吗？"

"斑点熊想要橡胶猴子参加！"斑点熊依样复述了一遍。

说来也巧，他们一抬头，迎面来的正是熊大叔。

斑点熊飞奔过去，一头扑进他怀里。

"熊大叔！熊大叔！"

熊大叔感动得几乎哽咽。他赶紧掏出手帕擤了擤鼻涕。

"斑点熊！快说！"汉斯着急地催促着。

"说什么？"斑点熊不好意思地挠挠头。

"斑点熊想要橡胶猴子参加！"汉斯在她耳边嘀

咕道。

"斑点熊想要橡胶猴子参加！"

"小可爱，你说什么？"

"斑点熊想要橡胶猴子参加！"斑点熊提高嗓门重复了一遍。

"参加什么？"

"她的意思是参加葬礼。"汉斯赶紧上前解释，"马克不在的话，她也不想去了。"

熊大叔有些为难。斑点熊必须到场，不然举办葬礼还有什么意思！

"你先别急，我去找铁皮发条鸭商量商量。"熊大叔安慰道。

道别斑点熊后，熊大叔拖着沉重的步伐向马克家走去。由于斑点熊的要求，他原本高涨的情绪瞬间跌到谷底，对筹备葬礼也丝毫提不起劲来。熊大叔来到麦片铁罐前，砰砰砰敲了敲盖子。开门的正是铁皮发条鸭，听说马克不在家，熊大叔总算松了口气。

"我是来专程拜访你的，"熊大叔说，"是关于《葬礼进行曲》的事情。"

"这个……"铁皮发条鸭不知如何回答。

"你知道，我的老同学艾伦死了。葬礼就定在这周四。我希望铁皮发条鸭能够承担演奏任务，曲目定为泰迪熊贝多芬的《葬礼进行曲》。"

"这个……恐怕……大概……我没法胜任……"铁皮发条鸭结结巴巴地说。

但熊大叔很坚持。

"我们先来练习一遍。"他不由分说地打开留声机。

泰迪熊贝多芬的音乐缓缓倾泻出来。

铁皮发条鸭听得如痴如醉。他没有想到，泰迪熊

43

贝多芬的乐曲居然和马戏团的音乐一样美妙！

每次鼓点声响起时，他都会使出全身力气，将胸前的小鼓敲得震天响。

鼓点配合的默契程度大大超出了熊大叔的预想。铁皮发条鸭简直是为演奏泰迪熊贝多芬而生的，这一点不用怀疑！

熊大叔重新振作起来，向铁皮发条鸭正式发出葬礼的邀请。

然后他装出漫不经心的态度，很随意地提了一句，马克也不是不能来，前提是他要保证绝对安静，严禁在葬礼现场驾驶摩托车横冲直撞。

告别铁皮发条鸭后，熊大叔心情格外轻松：他不仅避免了和马克的尴尬见面，还确保了葬礼音乐的完美演奏。

回家路上，熊大叔一边哼着小调，一边在脑海中勾勒出整个葬礼仪式的雏形。

开场节目由铁皮发条鸭进行敲鼓独奏——泰迪熊贝多芬的《葬礼进行曲》，接下来是麝鼠的诗朗诵。然后由蜂窝煤发表致辞和演讲。与此同时，熊大叔需要捧起一抔土，撒在盛放艾伦的纸箱里寄托哀思——隆重的葬礼都会这么做。盒盖上需要摆放花圈，悲伤松塔的丝带垂落时，需要恰到好处地突出"安息吧"三个大字。演说完毕，由铁皮发条鸭再次敲响《葬礼进行曲》，大家将艾伦埋入坑内，整场葬礼到此结束。

正当熊大叔在脑海中排演葬礼流程时，蜂窝煤则在四处寻找充当棺材的纸箱。如果他没有记错的话，麦片铁罐和月光河之间的某个灌木丛后应该有这么一只。但是灌木丛实在太多，其中还夹杂着不少气味浓郁的树枝，蜂窝煤根本没法集中注意力。就在他快要绝望时，突然撞到了什么——是一只纸箱！

蜂窝煤小心翼翼地掀起纸箱盖，却发现这里已经变成一个温馨的窝：两只小松鼠搬了进来，还在里面塞满了各种各样的坚果。蜂窝煤只好作罢。

再去其他地方看看吧，说不定还有别的纸箱呢。蜂窝煤一边自我安慰，一边慢腾腾往前挪，脑袋沉沉地耷拉下来，眼睛就快要掉在地上。什么都没有，没有纸箱，没有骨头，就连树枝也越来越少。

蜂窝煤变得越来越焦躁。要是连只纸箱都找不到，他该怎么向熊大叔交代？

天哪，他想都不敢想。他必须找到可以充当棺材的东西。考虑到艾伦的锯末都掉光了，整个身体缩成小小的一团，说不定一只雪茄盒就够了。

他漫无目的地到处转悠，不知不觉来到黑海边的沙滩上，冷不丁一脚踩了个空。蜂窝煤的第一反应是陷阱，后来才意识到那是一只空纸盒。纸盒上印着图案和文字，在昏暗中显得模模糊糊，难以辨认。

"总算有救了。"蜂窝煤心下一阵轻松，自言自语地嘟囔着。他如获至宝地叼起纸盒，一步一步朝家的方向走去。

第六章

举行葬礼的日子一眨眼就到了。艾伦依然躺在原来的地方，由于担心她会着凉，悲伤松塔特意在艾伦身上盖满了树叶。

熊大叔感到了明显的紧迫感。这天一大早，他就依稀听见沙坑那里传来石球熟悉的骇笑。与此同时，大家都已陆续朝葬礼举行地点出发。

蜂窝煤将斑点熊塞在纸盒里，慢悠悠地往艾伦的松树走去，老远就看见树下站着熊大叔、麝鼠、汉斯

和小丫四个。

看见蜂窝煤手里的纸盒，熊大叔不禁皱起眉头。

"这是什么玩意儿？难道让我们的老同学躺在糖盒子里吗？"他大声读出纸盒上的文字："精制方糖。"

"真不像话！"

蜂窝煤将脑袋埋在纸盒后面，大气也不敢出。还好麝鼠站出来替他解围。

"对于俄罗斯的老鼠来说，要能安葬在糖盒子里，简直是莫大的荣耀……"

熊大叔对此半信半疑。但一看见斑点熊蹦蹦跳跳地扑过来，他立刻把葬礼的事忘得一干二净，直到悲伤松塔的出现才将他再次拉回现实。经过斑点熊这么一撒娇，熊大叔也就勉强接受了用糖盒子充当棺材的事实，转而摆弄起留声机来。

"就差铁皮发条鸭没到啦。"熊大叔嘀咕。

"斑点熊去找他！"斑点熊从熊大叔的怀里挣脱出来，蹦蹦跳跳地跑开了。

麝鼠显然很紧张。他不停地翻看手中的纸，不时地掏出橡皮擦进行修正。

蜂窝煤也处于剧烈的情绪波动中，他有时能一字不落地回忆起通篇讲稿，有时记得颠三倒四，大多数时候则忘得一干二净。

　　时候差不多了，大家需要先将艾伦塞进纸盒内，然后举行正式的葬礼。

　　熊大叔和蜂窝煤小心翼翼地抬起艾伦，将她干瘪的身体一点一点挤进糖盒子。悲伤松塔站在一旁目睹这一切，禁不住发出颤抖的叹息。

　　就在这时，由远及近传来轰鸣和鼓点，其中夹杂着斑点熊稚嫩的声音：

"我们来啦！我们来啦！"

铁皮发条鸭、斑点熊和橡胶猴子以最快的速度及时赶到。

葬礼总算可以开始了。

"橡胶猴子，请关闭引擎，保持肃静。"熊大叔首先发话。

"没问题。"马克爽快答应下来。

"现在，请汉斯献上花圈。"

熊大叔一如既往担任起总指挥的任务，汉斯从小推车里捧出晃悠悠的花圈，小心地放在糖盒子上。悲伤松塔娴熟地优雅一跃，稳稳落在花圈旁，缓缓垂下丝带。

斑点熊和马克情不自禁地鼓掌叫好。

"葬礼正在举行，保持肃静！"熊大叔用严厉的口吻维持秩序。

接着，他打开留声机，示意铁皮发条鸭做好敲击《葬礼进行曲》的准备。

气氛顿时凝重起来。铁皮发条鸭全神贯注地聆听音乐，准确地敲出重重的鼓点，马克拼命揿着摩托车的喇叭充当号角，斑点熊围绕糖盒子翩翩起舞。场面虽然热闹，但未免不够庄重。还没等乐曲播放完毕，熊大叔便关上留声机，宣布葬礼进入下一个环节——由麝鼠朗诵诗歌。

麝鼠迈开颤抖的双腿走上前去，哆哆嗦嗦地打开皱巴巴的纸。

"我们亲爱的朋友艾伦，就这样静静死去。"他努力使声音保持平静，"她留下的坚果和树皮，就这样躺在原地。是的，她不再难过和忧郁……"

熊大叔赞赏地微微颔首。

"她即将开启新的旅程，飞向更广阔的天际。"

"谢谢大家。"麝鼠圆满结束了诗朗诵，向糖盒子深深鞠了一躬。

斑点熊和橡胶猴子又一次情不自禁地鼓掌叫好，被熊大叔狠狠瞪了一眼。

接下来轮到蜂窝煤出场。他紧张得不知所措，过了好一会儿才镇定下来。

"亲爱的艾伦，我们自幼相识，共同分享喜悦和悲伤。上学时，我们挨坐在一起，是最要好的同桌。

课间休息时，我会为你收集最漂亮的坚果。然后我们慢慢老去，而现在，你走了。或许过不了多久，我也会死去，那时我们又能重逢。晚安，睡个好觉！"

他也向糖盒子深深鞠了一躬，然后从毛衣口袋里掏出几颗坚果，轻轻放在花圈旁。

葬礼的效果远远超出熊大叔的预期。大家一个接一个走上前去，在糖盒子周围放上鲜花和树枝。

熊大叔和铁皮发条鸭又一次奏响《葬礼进行曲》。

气氛变得越来越热烈。

斑点熊和橡胶猴子围绕糖盒子手舞足蹈，很快，小丫和汉斯也加入进来，就连向来沉着冷静的蜂窝煤也不由有些热血沸腾。

随着泰迪熊贝多芬音乐的落幕，熊大叔拍了拍手掌，示意大家保持安静。

"现在，我们即将安葬亲爱的朋友艾伦。请汉斯递上铲子。"

铲子？没有铲子！汉斯一直在头疼扎花圈的事情，把准备铲子的任务忘得干干净净！

熊大叔沉下脸，强压下随时爆发的怒火。

"你们说怎么办？"

蜂窝煤赶忙站出来打圆场。

"要不……我可以挖个坑……"

熊大叔不屑地哼了一声，但似乎也没有别的办法。于是蜂窝煤开始埋头刨土，由于动作娴熟，他很快便挖出一个坑。

整个过程中，熊大叔始终赌气地背对着蜂窝煤。随着周围爆发出一阵热烈的掌声，熊大叔意识到坑挖好了，这才侧过头瞥了一眼。

塞着艾伦的糖盒子已经静静躺在坑里，蜂窝煤和汉斯正准备往上撒土。

"等等！"熊大叔急忙喊停，"别把悲伤松塔埋进

去了。花圈应该拿出来才对。"

悲伤松塔显然受到惊吓，浑身抖个不停。汉斯赶忙把他救上来，再小心翼翼地将花圈捧了出来。蜂窝煤这才放心地掩埋起来。

虚惊一场后，大家总算正式安葬了艾伦，满意地四散回家。只有麝鼠还陪伴悲伤松塔留在原地，静候天使艾伦的飞翔之旅。

第七章

天气晴朗的时候，蜂窝煤和斑点熊会进行短距离的晨间散步。斑点熊总是走在蜂窝煤前面，不时指着地上问：

"谁住在这下面？"

"一只青蛙吧。"

"哦。谁住在那下面呢？"

"一只甲虫吧。"

"哦。再那边呢？谁住在下面？"

"可能是一只蚱蜢。"

斑点熊问个不停，蜂窝煤只好耐心作答。

由于纸箱学校已经停课很长时间，在蜂窝煤看来，这倒不失成为一个寓教于乐的好机会。

斑点熊的进步速度之快远远超出了蜂窝煤的预期。

青蛙、甲虫、雄蜂、瓢虫、金龟子……蜂窝煤几乎把能想到的动物都列了个遍。

"谁住在那下面？"斑点熊歪着头问。

蜂窝煤绞尽脑汁想了又想，好不容易编出一个新动物：蚯蚓。

"那里呢？"

蜂窝煤脑海里一片空白。

"那下面什么都没有，我的小可爱。"

"有的！肯定有！"斑点熊抗议。

话音刚落，石球骇笑着从地底下蹦了出来。

"一只球！"斑点熊又惊又喜。

蜂窝煤的脸色顿时阴沉下来。

"我还以为石球被扔掉了呢。"

"怎么会？我不过是睡了一小觉而已。"石球洋洋得意地说。

"那我倒想问问，石球的未婚夫——那只疯疯癫癫的软木塞上哪儿去了？"蜂窝煤问。

"他飞走啦！"

"不是他飞到哪儿，石球就滚到哪儿吗？"蜂窝煤追问道。

"才不是呢！我有别的心上人啦。我在麦片铁罐后面看到一只鸭子，他可帅了！"

她发出一阵歇斯底里的骇笑，圆瞪眼睛冲他们滚了过来。

"斑点熊也会滚！"斑点熊说。

于是她跟着石球打起滚来。蜂窝煤看得头昏眼花，一屁股坐在石头上。他恨不得把石球扔得远远的，越远越好，可又担心斑点熊会不高兴。算了，还是下次再说吧。

突然，石球像火烧屁股似的一蹦老高。

"什么声音？铁皮发条鸭！"

麦片铁罐那里清楚地传来密集的鼓点声。

"天哪，简直就是天生的鼓手！"石球一边惊叹，一边冲着麦片铁罐的方向飞速滚去。

斑点熊以最快的速度跟在石球后面，任凭蜂窝煤怎么呼喊，她都丝毫不理会。一转眼工夫，石球和斑点熊就消失在树林里。

这古灵精怪的斑点熊，永远也猜不透她的心思！蜂窝煤还在原地懊恼，这两位已经气喘吁吁地站在麦片铁罐外面。石球一边往铁罐上撞，一边大声嚷嚷："鸭鸭！鸭鸭！我来啦！快出来！"

铁罐里先是一片安静，随着盖子被缓缓掀开一条缝，橡胶猴子的脑袋探了出来。

在确认对方是石球后，马克迅速发动摩托车，以闪电般的速度冲出铁罐，钻入树林，瞬间消失得无影无踪。

　　麦片铁罐里，只剩目瞪口呆的铁皮发条鸭愣在原地。他好容易反应过来，刚想和斑点熊说些什么，声音却瞬间吞没在石球的骇笑和喧哗中。石球一边大叫"好帅啊！好帅啊！"一边往鸭鸭的小鼓上蹦。

　　铁皮发条鸭很快就意识到石球绝对不好惹。他正要关上盖子，却发现为时已晚：石球已经钻了进来，在铁罐里兴奋地上蹿下跳。

　　鸭鸭敲起小鼓飞奔出去，石球紧追不舍。斑点熊也想要跟着，可没等她回过神来，鸭鸭和石球早已不见踪影。斑点熊绕着铁罐转了好几圈，结果一无所获，只好悻悻地原路返回。

第八章

艾伦的葬礼结束后，悲伤松塔和麝鼠会时不时地见面。据他们观察，艾伦还没有飞上天空，但这也说不定——毕竟谁都没有变成天使的经验嘛！

每天清晨，悲伤松塔醒来第一件事就是低头查看艾伦的坟墓，看看它是否依然如故，生怕艾伦突然从糖盒子里挣脱出来，从此在天空飞来飞去。

悲伤松塔开始出现轻度忧郁的症状。作为一只葬礼用的装饰松塔，他本来就有些多愁善感。艾伦的离去令他感到前所未有的孤单——从前住在花圈上时，他的身边至少还有其他十几只悲伤松塔做伴呢。

麝鼠本来是一直郁郁寡欢的，经常会突然陷入深深的抑郁之中，一连几周躺在小毛毡上一动不动。

但在发现悲伤松塔也开始变得忧郁后，麝鼠的情绪反而没那么低落了。和悲伤松塔相比，家乡的兄弟姐妹和巴拉莱卡琴似乎没那么重要了。

为了让悲伤松塔重新振作起来，麝鼠一大早就来到松树下，邀请对方一起进行晨间散步。这是一个美好的清晨，汉斯王国显得格外宁静。马克和鸭鸭还在呼呼大睡，但斑点熊已经醒了，正一蹦一跳地朝他们奔来。

斑点熊的模样实在可爱，麝鼠和悲伤松塔不由得看得有些出神。

"我们一起玩咕咕鸟吧！"斑点熊提议。

麝鼠和悲伤松塔你看看我，我看看你，不知如何回答。这个游戏听上去一点也不好玩。麝鼠上一次玩游戏，还是在很小很小的时候，和三十九个兄弟姐妹扮演俄罗斯战斗机。至于悲伤松塔，从他记事起就没有玩过游戏。

但他们谁都不忍心拒绝斑点熊。

斑点熊先扮演咕咕鸟，她站在一颗小石头上，一边挥舞胳膊一边朝麝鼠怀里扑去。麝鼠还沉浸在前所未有的幸福感中，斑点熊已经嚷嚷起来："轮到你啦！轮到你啦！"

麝鼠站上石头，奋力朝空中一跃，然后重重地摔了出去。尽管撞得生疼，他还是咬牙没有吭声。

"再来一次！"斑点熊要求道。

麝鼠好容易爬起来。

"我飞不动了！"

"你应该咕咕叫，不能说话！"斑点熊纠正道，

"你现在是咕咕鸟!"

麝鼠只好不停地咕咕叫起来,现在轮到悲伤松塔出场。

悲伤松塔沉思半晌,然后爬上树枝,优雅地纵身一跳。

"咕咕鸟飞啦!"斑点熊欢呼起来。

悲伤松塔的丝带在空中飘扬开来,还真有种飞的感觉。

"再来一次!"斑点熊要求道。

悲伤松塔于是一次又一次爬上树枝,一次又一次往下跳,但斑点熊怎么都看不够。麝鼠咕咕叫的嗓音越来越沙哑，他巴望着能尽快结束这一切。

　　但游戏丝毫没有结束的迹象，按照斑点熊的说法，游戏才刚刚开始。现在，咕咕鸟要游泳啦！

　　"这可不行。"麝鼠一口拒绝，"我们麝鼠没有游泳的习惯，再说悲伤松塔不能沾水。"

　　"可是咕咕鸟想游泳嘛！"斑点熊撒娇。

　　这可让他们犯了难，怎么才能满足斑点熊的要求呢？

　　"要不，我们假装游泳，"麝鼠试探地说，"这样就不会把身上弄湿啦。"

　　"好！"斑点熊欣然同意，"斑点熊可以假装在沙坑里游泳！"

　　麝鼠和悲伤松塔只好跟着斑点熊走到沙坑旁，看她演示咕咕鸟如何游泳。

　　"准备，跳水！"斑点熊说完，一头扎进沙坑。

　　随后，悲伤松塔也倒栽葱一样扎进沙坑，麝鼠迟疑许久，才硬着头皮扎了进去。

　　斑点熊从沙坑里爬出来，拍起小手兴奋地喊：

　　"再来一次！再来一次！"

麝鼠可不想再玩下去。他身上的皮毛沾满了沙子，脑袋也被撞得晕乎乎的。

　　好在悲伤松塔乐此不疲。他既不会沾沙子，也不怕撞脑袋。

　　麝鼠在一旁越看越没劲，他抖了抖满身的沙子，揉了揉脑袋，向斑点熊和悲伤松塔道过别，摇摇晃晃地往家走去。

　　铁皮发条鸭最大的优点是听话。斑点熊让他敲鼓，他就起劲地咚咚敲，让他停他就停。他的好脾气立刻博得了大家的欢心，就连熊大叔这么挑三拣四的都想和他做朋友。

　　距离追寻联盟上一次会议已经过去很久。熊大叔琢磨着，是时候吸收新成员了。

　　"我的考虑是将悲伤松塔吸收进来。他拥有出席葬礼的经验，加入追寻联盟再合适不过了。"这天，熊大叔和蜂窝煤在纸箱外聊天时，郑重其事地提出自己的看法。

　　"悲伤松塔的确是个不错的候选者。"蜂窝煤表示赞同。就他的私心来说，追寻联盟的成员肯定越多越好，那样一来，熊大叔的嚣张气焰说不定会有所收敛。

"要不要把铁皮发条鸭一起吸收进来？"蜂窝煤鼓起勇气提议道。

熊大叔愣了一下。蜂窝煤的话的确有点道理，可问题在于，铁皮发条鸭和橡胶猴子同住一只铁罐，难道也要把马克吸收进来不成？

"依我看，橡胶猴子的兴趣不在这儿。"蜂窝煤看透了熊大叔的心思，"你能想象他和我们讨论这么深奥的话题吗？"

话一出口，蜂窝煤又有些后悔，熊大叔肯定会追问"哪些深奥的话题"，他得赶紧编造一个才行。

出乎意料的是，熊大叔一言不发，陷入了漫长的思考。

"对于吸收铁皮发条鸭这件事，老兄你怎么看？"

这回轮到蜂窝煤愣住了，这可是第一次熊大叔主动征求他的意见！

"我认为，铁皮发条鸭会成为一名合格的联盟成员。"蜂窝煤努力掩饰激动的心情，用平静而坚定的口吻答道。

如果鸭鸭加入的话，他的鼓点声一定能大大缓和泰迪熊贝多芬营造的糟糕气氛。蜂窝煤在心里说道。

"就这么说定了，我回家途中正好顺路通知悲伤松塔。"熊大叔说，"通知铁皮发条鸭的任务就交给你啦，老兄。"

蜂窝煤满口答应下来。他知道熊大叔讨厌马克，根本不想靠近麦片铁罐半步。

距离老远，蜂窝煤就听见麦片铁罐里发出的噪声。还好熊大叔不在这里，否则他非暴跳如雷不可。

蜂窝煤砰砰砰地敲了几下，里面完全没有反应。他只好将盖子掀开一条缝，伸长脖子往里看。铁罐里热闹极了，除了马克和鸭鸭外，还有斑点熊、小丫和神出鬼没的小松塔。

摇滚音乐会仍在继续。麦片铁罐呈现出前所未有的拥挤，大家在跳跃的过程中不时发生冲撞，爆发出一阵阵笑声。

麦片铁罐外不远处，汉斯正坐在小推车里专注地

倾听这一切。

"怎么样，摇滚乐很带劲吧！"他冲蜂窝煤打了个招呼。

"太带劲了。"蜂窝煤一边说，一边暗自庆幸熊大叔没有听到。

过了好一会儿，摇滚音乐会才宣告结束。斑点熊一蹦一跳地跑出铁罐，扑向蜂窝煤怀里。

"我还以为你不见了呢。"蜂窝煤担心地说。

"斑点熊永远都不会不见的！"斑点熊说。

随你怎么说吧，反正你每天都要不见好多回。蜂窝煤心里直犯嘀咕，但他什么都没说，只是紧紧搂住斑点熊，尽情享受这温馨时刻。

"斑点熊在和小丫一起跳着玩！"斑点熊告诉蜂窝煤。

"我看到啦。"蜂窝煤点点头。

"小松塔也会跳！"

这句话提醒了蜂窝煤，小松塔又回来了。他已经消失很久很久，变得野性十足，完全没有规矩。熊大叔曾经在麝鼠的洞口外撞见过他，小松塔没有问候或寒暄，而是龇出一口锋利的小牙，朝熊大叔嘶嘶示威。

"小松塔和你说了什么没有？"蜂窝煤试探地问。

斑点熊想了想。

"没有，他就是跳来跳去。"

好吧，他有他的生活乐趣。蜂窝煤只好这么解释。

这时，等在一旁的汉斯开始不耐烦了。

"谁想跟我去沙坑里跳着玩？"他大声招呼。

橡胶猴子、小丫、斑点熊立刻积极响应。小松塔一龇牙，头也不回地跑开了。

只有铁皮发条鸭还拿不定主意，不知道应该留在铁罐里还是去沙坑玩。

"别磨蹭啦，快走吧！"马克催促道。

"鸭鸭哪儿也不去，就在这儿！"蜂窝煤严词拒绝。

向来听话的鸭鸭这回傻了眼，陷入进退两难的困境。他总不能既跟着走又留在原地吧。

"我有件重要的事和鸭鸭说。"蜂窝煤说。

听到"重要"两个字，铁皮发条鸭一阵紧张，把鼓敲得咚咚响。

"我们走啦！你不去活该！"马克说完，跳进小推车，和大家一起朝沙坑驶去。

可怜的鸭鸭只好站在原地。

"铁皮发条鸭先生，我在此高兴地宣布，你已经

成为追寻联盟的正式成员。"蜂窝煤一字一顿地说。

鸭鸭一头雾水。他从没听说过什么追寻联盟，蜂窝煤又不肯透露一点线索——当然这不能怪他，因为蜂窝煤又把追寻联盟的意思忘得一干二净。

"总而言之，这是一个很棒的联盟，鸭鸭应该感到自豪才是。"蜂窝煤总结道，"联盟扩大后的第一次会议定在周五召开，地点在纸箱学校，到时见！"

说完，蜂窝煤向一脸茫然的鸭鸭挥挥手，大踏步朝沙坑走去。他要在天黑前接斑点熊回家。

第九章

大概没有谁比斑点熊更勤快。她成天都在忙东忙西，并且丝毫不觉得累。要不是生物钟的强大作用，她肯定会夜以继日，不休不眠。

每天晚上，伴随着蜂窝煤娓娓道来的睡前故事，斑点熊才会在不情愿中沉沉睡去，这仿佛已经成为一种习惯。

碰到熊大叔路过的时候，讲故事的任务自然就落在熊大叔身上。他的记性比蜂窝煤好，听过的故事也

多。他会抱着斑点熊坐在纸箱外，接连不断地讲下去，而且一个比一个恐怖。

　　斑点熊总是吓得浑身发抖，紧闭双眼，但还是忍不住要听。这天中午，熊大叔先讲了贪吃猫的故事。贪吃猫吃了好多好多只面包，终于撑破了肚皮，可是缝缝补补后，它又开始大吃特吃。接着，熊大叔讲到一只和妈妈走散的小羊羔，误打误撞进了树林，没想到树后躲着一头大灰狼。

　　"大灰狼从树后跳出来，恶狠狠地扑向小羊羔……"

"不要！不要！"斑点熊害怕得叫起来，"快把大灰狼赶走！"

她紧紧捂住耳朵，直到熊大叔赶走大灰狼，让小羊羔平安回到妈妈身边才松了口气。

在斑点熊的要求下，熊大叔重复了一遍又一遍。每一次听见熊大叔赶走大灰狼，斑点熊都会高兴得手舞足蹈。

趁着熊大叔讲故事的机会，蜂窝煤在纸箱后面绕来绕去，东嗅嗅西闻闻，希望找到一根臭烘烘的骨头。看见斑点熊坐在熊大叔膝盖上的温馨场面，蜂窝煤在嫉妒之余不免有些生气：熊大叔讲起故事来总是没完没了！

熊大叔的嗓音越来越沙哑，最后几乎在嘶嘶地往外吐气：

"从前，树林里住着一只玻璃花瓶，他专门吃小泰迪熊……"

"不要，不要！不准吃小泰迪熊！"斑点熊抗议。

"我是和你说着玩的嘛！"熊大叔一边安慰着，一边将斑点熊放在地上，站起身准备回家。

"没有玻璃花瓶这种东西，那都是编出来的。"熊大叔摸了摸斑点熊的脑袋，"熊大叔要回家喝泰迪熊咖啡啦，再见！"

"斑点熊可以跟熊大叔回家喝咖啡吗？"

这下可把熊大叔问住了。这么多年以来，他从来都是独自一个喝咖啡的，而且因为不喜欢被打扰，他一直保持离群索居，就连蜂窝煤都没去过他家。可他实在没办法拒绝斑点熊……

"改天吧。改天熊大叔一定请斑点熊来家里玩。"

熊大叔特意将声音压得很低很低，生怕蜂窝煤听见。蜂窝煤体格又大，笨手笨脚，肯定会把家里弄得一团糟。

说完这话，熊大叔向斑点熊挥手道别，匆匆忙忙往家赶。

眼见熊大叔渐渐走远，蜂窝煤这才靠了过来。他刚找到两根骨头，正琢磨着什么时候把它们仔仔细细地舔一遍，然后藏在《中国的内政》后面。

"熊大叔真讨厌，熊大叔非要回家喝咖啡。"斑点熊嘟嘟囔囔地抱怨道。

蜂窝煤心中一阵窃喜。

"熊大叔给你讲故事了吗？"

"讲了，讲了好多好多故事。"

"熊大叔有没有讲玻璃花瓶的故事？"

斑点熊瞪大眼睛。

"玻璃花瓶好可怕。"

"那都是编的，世界上没有玻璃花瓶。"蜂窝煤安慰她。

"有的！肯定有！"

斑点熊又坐不住了，急着跑出去玩。蜂窝煤没有阻拦，他正好想美美睡个午觉，再把新找来的骨头仔仔细细舔干净。

斑点熊朝着熊大叔消失的方向飞奔过去。她在心里盘算着，如果速度足够快，自己一定能追上熊大叔，去他家里喝咖啡的。

但是跑出很远很远，她还是没有发现熊大叔的踪影。糟糕，熊大叔肯定中途拐了个弯，或者抄小路走远了！

　　斑点熊这么想着，不知不觉进入了一片小树林。树林里阴沉沉的，一点阳光也没有。更可怕的是，树林深处突然传来玻璃花瓶的尖叫声。

　　斑点熊吓得汗毛直竖，没命地向前飞奔。

　　"熊大叔！救命！"她边跑边喊，"玻璃花瓶来抓斑点熊了！"

　　就在这时，熊大叔突然出现在她的面前。斑点熊一头扑进熊大叔的怀抱。

　　"我的小乖乖，世界上是没有玻璃花瓶的。"

　　"有的，有的！"斑点熊将脑袋埋在他怀里，细声细气地说，"斑点熊想看熊大叔喝咖啡。"

　　这回，熊大叔再也找不出拒绝的理由了。他将斑点熊扛在肩上，熟门熟路地兜兜转转，不一会儿工夫就来到家门口。熊大叔的家的确非常隐蔽，但大门十分显眼，上面还装有一只精致的门把手。

　　踏进熊大叔家门的那一刻，斑点熊深深吸了口气。熊大叔的家简直就是一座精致的玩具屋！精致的炉灶上是一只精致的咖啡壶，旁边还有一只精致的咖啡杯。

　　屋子正中央放着一张精致的餐桌，墙边靠着一张可以睡觉的精致沙发。精致的陈列架上，摆着两只精致的陶瓷熊。

　　"那是泰迪熊贝多芬和玩偶哈姆雷特。"熊大叔解释道。

　　地上铺着一张精致的地毯，天花板上吊着一盏精致的吊灯——还是开关控制的呢。

斑点熊从没见过这么精致的家！熊大叔煮咖啡的时候，她就坐在沙发上，目瞪口呆地环视周围。

"斑点熊想在沙发上跳着玩。"斑点熊试探地说。

"那可不行。熊大叔的沙发可不是用来跳着玩的。"

"那在地板上呢？"

"可以。不过不能踩脏地毯，不能碰坏留声机。"

这句话提醒了斑点熊。

"泰迪熊贝多芬！"她欢呼起来。

熊大叔一边品尝咖啡，一边欣赏音乐，斑点熊就在地毯和留声机之间的地板上跳来跳去，嘴里哼着泰迪熊贝多芬的曲调，完全陶醉在自己的世界里。

喝完一杯咖啡后，熊大叔提醒斑点熊天色不早，该返回纸箱了。等斑点熊走后，他还得花不少功夫重新打扫房间。

但是斑点熊坚决不肯单独回去，理由是树林里有恐怖的玻璃花瓶。

"斑点熊要熊大叔陪着回去！"

熊大叔叹了口气，重新将斑点熊扛在肩上，朝蜂窝煤的纸箱走去。

看见熊大叔再次出现在纸箱外，蜂窝煤惊讶地抽了抽鼻子。熊大叔很少一天来两次，这实在有点不寻常。

"玻璃花瓶要抓斑点熊！"斑点熊委屈地说。

"世界上没有玻璃花瓶。"蜂窝煤和熊大叔异口同声地说。

"有的，肯定有。"斑点熊说完，一头钻进纸箱躲了起来。

熊大叔清清嗓子。

"说到追寻联盟吸收新成员的事，你通知过铁皮发条鸭了吗？"

"通知过啦。"蜂窝煤答道。

"橡胶猴子没捣乱？"

"没有。"

"那么就一切按原计划进行？周五召开扩大后第一次会议？"

在得到蜂窝煤的肯定后，熊大叔满意地点点头，迈开大步走了。

蜂窝煤十分好奇熊大叔家究竟什么样，除了斑点熊，还没有谁去过呢。

"可漂亮了！"斑点熊评价道。

蜂窝煤的心情顿时低落下来。和熊大叔家相比，自己的纸箱肯定很丑。

"熊大叔家都有些什么？有咖啡壶吗？"

"有的，有一只咖啡壶。"

"还有什么？"

"一只咖啡杯，一张沙发！"

"熊大叔家有沙发?"蜂窝煤露出难以置信的表情。

"对啊,一张沙发和一张地毯。"

蜂窝煤痛苦地捂住额头,真是应有尽有。

"还有吗?他家该不会还有桌子吧?"

"有的,一张桌子。"

蜂窝煤没有勇气再问下去,他和熊大叔的差距实在太大了。

这天晚上,蜂窝煤辗转反侧。他一直在琢磨,如果添置一张沙发的话,摆在哪里比较好。而事实上,纸箱里已经连一只咖啡壶都塞不下了。

第十章

　　追寻联盟举行会议的这天，汉斯恰好路过纸箱学校。当时，熊大叔、麝鼠、蜂窝煤、悲伤松塔和铁皮发条鸭已经各就各位，熊大叔首先向新老成员发表欢迎致辞。

　　然后，熊大叔特意转向悲伤松塔和铁皮发条鸭，就追寻联盟的含义进行了解释。就在这时，汉斯驾着小推车出现在大家面前。

"有谁过生日吗？"汉斯问。

"追寻联盟正在开会。"熊大叔简短地回答，"请勿打扰。"

"我能参加吗？"汉斯不死心。

"这可是很严肃的联盟会议，不是小孩子玩过家家。要捣乱去别的地方，再见！"

联盟里的其他成员都觉得熊大叔未免严厉了些，但谁都不敢吭声。汉斯碰了一鼻子灰，只好将小丫揣在口袋里，驾着小推车向麦片铁罐驶去。大家其实都挺同情小丫，他个头又小，嗓门又细，因此常常被汉斯遗忘。

比如现在，汉斯满脑子都是马克的冲锋联盟和沙坑冲锋竞赛，很自然地彻底忘记了小丫的存在。

汉斯驾着小推车赶到麦片铁罐时，马克正在擦拭心爱的摩托车。

"嘿，汉斯！"

"嘿，马克！去沙坑比试一下怎么样？"

"没问题！这就出发！"橡胶猴子爽快答应了。

沙坑里的陡坡和赛道都还在。汉斯和马克全速冲上顶点，在惯性作用下飞上半空，然后头冲下栽倒在地。他们完全沉浸在惊险刺激的冲锋游戏中，乐此不疲地重复一遍又一遍。

当汉斯第二十次头冲下栽倒在地时，他突然想起

了小丫的存在。来的路上，他明明是将小丫揣在口袋里的呀，现在，不仅口袋是瘪瘪的，就连小推车里也是空荡荡的。小丫不知什么时候被颠出去了。

"咳，管他呢！他自己会找回来的！"马克满不在乎地说。

汉斯可不这么认为。他了解小丫，小丫肯定急得

直哭。要是摔在草地上还好，掉进月光河或是埋进沙坑里可就麻烦了。

"小丫！"汉斯大声呼喊，"你在哪儿？听见我说话了吗？"

没有回音。汉斯有些着急，就算小丫被埋在沙坑下面，嘴里灌满了沙，听见汉斯的呼喊，他也会应声的。

橡胶猴子的状态出奇的好，他不厌其烦地练习腾空翻转技巧，丝毫不觉得头晕。但汉斯完全心不在焉，小丫不见了；他怎么都高兴不起来。

突然，汉斯似乎感觉到沙坑下有什么在动，仿佛掀过一阵微弱的波浪。他精神一振，赶紧蹲下身挖起来。

但他挖出的不是小丫，而是冷杉果，还不止一只！其中一些手脚完整，另一些则缺胳膊断腿。汉斯一眼认出了他们——就是住在球果牧场的那一群嘛！很久以前，为了给小松塔出气，他还狠狠教训过他们。冷杉果的脑子很笨，成天糊里糊涂的。如果给他们下达回家的命令，他们很可能径直往麦片铁罐走去，并且理所当然地认为那就是自己的家。让他们睡觉的话，他们会立刻兴奋起来，手舞足蹈地准备狂欢。

"冷杉果躲在沙坑里干吗？净给我们添乱！把他

们统统扔了！"马克一边说，一边做了个高难度的腾空翻转。

汉斯也宁愿将他们扔得越远越好。无论怎么处置冷杉果，大家都不觉得过分。就像对付石球和软木塞一样——反正他们在哪里都能过得下去。

相比之下，小丫的自立能力就差多了。尽管汉斯经常忘记他的存在，但小丫始终是汉斯最好的朋友。

"快上来接着玩！"马克朝坑里喊道。

但汉斯一心惦记着小丫。他会不会已经沉入月光河底，正在咕噜咕噜吐泡泡？或者被玻璃花瓶抓走，吓得哇哇大哭？天哪，汉斯从没像现在这么想念他！

"我得去找小丫！"汉斯说完，跳上小推车，飞一样驶离了沙坑。

纸箱学校外，追寻联盟的成员们正东倒西歪地打着瞌睡，满心巴望着会议早点结束。

"小丫不见了！你们有谁见过他吗？"汉斯急吼吼

地问。

　　大家一下子来了精神。这场会议开得又啰嗦又无聊，熊大叔一直在念叨灾难啦疾病啦不幸啦，只有蜂窝煤还能勉强听两句。

　　汉斯的出现瞬间扭转了沉闷的局面。

　　大家打着呵欠，伸着懒腰，纷纷从地上爬起来。蜂窝煤想起斑点熊还在里面睡觉，于是钻进纸箱打算叫醒她。

　　可斑点熊不在那里。她和小丫一样，不见了！

　　熊大叔已经很累了，他本来打算直接回家睡觉，

但一听说斑点熊不见了，他赶紧强打精神，加入蜂窝煤和汉斯的寻找队伍。铁皮发条鸭则立刻跑去通知马克。

悲伤松塔和麝鼠同样担心小丫和斑点熊的安危，于是紧紧跟在后面。

"斑点熊！小丫！你们在哪儿？快出来！"大家齐声高喊。

四周静悄悄的，没有一点动静。他们找遍了所有能想到的地方，但一无所获。蜂窝煤越来越焦虑，斑点熊一到晚上就怕黑。而现在，太阳已经落到艾伦的松树后，天很快就要暗下来。

除非是玻璃花瓶把他们抓走了，蜂窝煤开始胡思乱想，还有恐怖链锤！当然，玻璃花瓶和恐怖链锤都是故事里编出来的，可是万一呢……

"小丫！你在哪儿？"汉斯大声呼喊。

这时，不知从哪里传来一个微弱的声音。

"在这儿！"

"哪儿？"

"这儿！"

"奇怪，"熊大叔嘀咕道，"我怎么觉得声音像是从上面发出来的。"

　　大家竖起耳朵仔细听。没错，的确是从天空中发出来的。

　　"斑点熊！"蜂窝煤喊，"你在哪儿？"

　　"在这儿！"另一个细声细气的声音冒了出来。

　　"哪儿？"

　　"这儿！"

　　大家面面相觑，完全搞不清楚状况。最后，悲伤

松塔循着声音爬上艾伦的松树，这才揭晓谜底。

"他们在这儿！"

大家都松了口气。兴奋劲过去后，汉斯又把小丫忘了个干干净净。

斑点熊和小丫躲在储藏室里，爱不释手地玩着悲伤松塔和艾伦收集的果壳。

"你们事先和悲伤松塔打过招呼吗？"蜂窝煤努力装出严肃的口吻。

"没有，我们看着好玩就进来了。"

"喜欢就多玩会儿，不要紧的。"悲伤松塔宽容地说。

但今天的时间已经差不多了。斑点熊和小丫从树上跳下来，给悲伤松塔腾出地方。

悲伤松塔刚进储藏室坐好，突然听见一阵恐怖的笑声。是石球！他一屁股坐在了石球身上。

"我们刚才和石球一起玩的，"斑点熊说，"石球一直在笑。"

"哼，可以想象。"熊大叔嘟囔了一句，逃也似的奔回家去。

悲伤松塔觉得挺有趣，尽管石球浑身冰凉凉的，但放在储藏室里倒也合适。

"就让她在这里过夜好啦。"悲伤松塔说。

天色渐渐暗下来，传说中的玻璃花瓶就要出来抓小动物啦。大家互相道别，各自赶回家去。

第十一章

尽管纸箱学校停课已经很久了，可蜂窝煤从没忘记自己作为老师的身份。由于他只教授狗类知识，学生们都提不起兴趣。比如，麝鼠就不明白为什么要学习掩埋骨头；马克也不愿意叼着树枝到处乱跑。

蜂窝煤暂时没有重新开学的计划，不过倒是想出一个布置作业的好点子。

他兜兜转转了好多天，一直在琢磨应该布置什么样的作业。

最后，他终于想出一个好问题：你最大的梦想是什么？

这天，趁着斑点熊还没跑出去玩，他向斑点熊提出这个问题。

斑点熊一声不吭，皱起眉头。

"这是我布置的作业。"蜂窝煤解释说。

"有啦！有啦！斑点熊想当公主！"

"很不错嘛！"蜂窝煤很满意这个回答，"是那种戴着金色皇冠的公主吗？"

"对！"斑点熊兴奋地答道。

"嗯，这次作业完成得很认真，斑点熊可以得到
一颗金色的小星星。"

蜂窝煤钻进纸箱，在《苍鹭和鹤鸟》后面找出一
颗小星星，紧紧地贴在斑点熊的肚皮上。斑点熊很开
心，一蹦一跳地跑远了。

下一个该问谁呢？就悲伤松塔吧。

蜂窝煤穿上毛衣，抓起一把小星星塞进口袋，不
紧不慢地向艾伦的松树走去。

悲伤松塔正好在家。他从储藏室探出小脑袋，垂
下长长的丝带迎风招展。

"早上好，亲爱的松塔。"蜂窝煤说。

"早上好。"悲伤松塔点头致意。

悲伤松塔看上去兴致不错。由于经常出席葬礼的缘故，悲伤松塔都会或多或少有些忧郁。但自从艾伦的葬礼结束后，有了麝鼠的安慰和开导，悲伤松塔的心情奇迹般开朗不少。

"我这儿有份作业！"蜂窝煤大声说，"你最大的梦想是什么？"

悲伤松塔钻出储藏室，优雅地纵身一跃，稳稳落在地上。

最大的梦想？他从没考虑过这个问题。悲伤松塔不曾刻意追求过什么，也不觉得遗憾。能在松树上拥有一间储藏室，他就已经非常知足。

悲伤松塔站在原地想了好久。

"我……我就是希望艾伦能活过来……"

蜂窝煤感动得红了眼眶。

"多么好的回答啊。为了你的善良，我要颁发一颗金色小星星！"

他在悲伤松塔的小脑袋上牢牢地贴上一颗小星

星。悲伤松塔礼貌地鞠躬致谢。

"我还要给麝鼠送作业，你想一起去吗？"

"当然。"悲伤松塔欣然答应。

他们就这样高高兴兴地上路了。

他们抵达的时候，麝鼠正坐在洞口外，在笔记本上涂涂写写。

"我是给你送作业来的。"蜂窝煤说。

"作业？"麝鼠还没反应过来。

"没错，作业。"悲伤松塔补充了一句。

"你最大的梦想是什么？想好了再回答！"

麝鼠认认真真地沉思起来，过了好久才用颤抖的声音答道：

"我想写一首世界上最长的诗。"

蜂窝煤情不自禁地鼓起掌来。

"说得太好了！麝鼠的答案简直绝妙！"

蜂窝煤说完，将一颗小星星用力贴在麝鼠身上。

按照蜂窝煤的计划，下一个收作业的应该是熊大叔。他必须照例站在树林中间，漫无目的地呼喊熊大叔的名字，指望对方能应声出现。

悲伤松塔决定留在麝鼠这里。他们谁都不想听熊大叔没完没了的唠叨，所以蜂窝煤只好自己继续往前走，一边琢磨着熊大叔是不是又外出晨间散步去了。

蜂窝煤猜得没错。他正是在沙坑和月光河之间的某地撞上了熊大叔。相互客套寒暄一番之后，蜂窝煤小心翼翼地说起作业的事。

"我这里有份作业需要老弟完成。"他试探地开了口。

"你不是在开玩笑吧，老兄？你觉得我这把年纪还需要做作业吗？"

"那得看是什么作业，"蜂窝煤说，"比如，你最大的梦想是什么？"

熊大叔不假思索地答道：

"拿奖牌。"

"什么样的奖牌呢？"

"当然是金牌。"

蜂窝煤对这个答案还算满意，于是掏出一颗小星星准备往熊大叔身上贴。

熊大叔猛地往后一缩。

"你要干吗？我和老兄你都已经一把年纪了，贴小星星这种事，小学生才干得出来。别这么老不正经的！"

熊大叔拎起留声机，头也不回地往前走去。蜂窝煤叹了口气，前往麦片铁罐继续送作业的任务。

目前为止，蜂窝煤对作业的完成情况还是比较满意的，但马克的态度可不好说。蜂窝煤忐忑不安地来到麦片铁罐前，在鸭鸭的鼓点声和马克的撞击声中，整只铁罐持续剧烈地震动。毫无疑问，他们肯定在家。

蜂窝煤用鼻头掀开盖子。

"哎呀，烦不烦啊？"马克不耐烦地想要关上盖子。

但蜂窝煤不肯就此罢休。

"我有事找铁皮发条鸭。喂！追寻联盟的好兄弟！"

"在这儿呢！追寻联盟的好兄弟！"鸭鸭赶忙答道。这句称呼是他从熊大叔那里学会的。

"你最大的梦想是什么？"

101

铁皮发条鸭脑子一片空白，他从来没有过什么梦想。

正在这时，马克回过神来。

"我知道！成为世界冠军！"

铁皮发条鸭于是说自己也想成为世界冠军。

"你们俩都答对啦，恭喜！"蜂窝煤分别给他们贴上金色的小星星。

奖励完毕后，蜂窝煤一刻不停地离开了麦片铁罐。橡胶猴子的脾气捉摸不定，一言不合就会暴跳如雷，蜂窝煤可不想招惹麻烦。

还有谁没有完成作业？蜂窝煤感到越来越浓的倦意，他拼命地在脑海里回顾曾经在纸箱学校就读的学生姓名。

小松塔自然不在考虑范围之内，石球早不知滚到哪里去了。不过汉斯和小丫倒是很合适。

一想到曾经的学生，蜂窝煤就不由自主地怀念起蜷缩在纸箱里午睡的惬意时光，布置作业的劲头于是越发消沉下去。

如果回家路上正好看见汉斯和小丫，那我就把作业布置下去，不然的话就算了。蜂窝煤一边暗暗下决心，一边在心中默念：但愿别碰见他们，但愿啊……

蜂窝煤的愿望显然落空了。第二遍还没默念完，一个熟悉的身影赫然出现在他面前。汉斯驾着小推车向这里驶来，口袋里探出小丫的脑袋。

"小家伙们，赶紧来做作业！"蜂窝煤疲倦地说。

"小孩子是不应该有作业的！"汉斯气鼓鼓地抗议。

"我想做作业！"小丫细声细气地说。

"那你自己做好了。"汉斯赌气地说。

"听好了，小丫。你最大的梦想是什么？"

这可比小丫原以为的要难多了。他心中充满了梦想，和谁都没提过，甚至连汉斯都不知道。

"只能说一个梦想吗？"小丫有些为难。

"就一个。"蜂窝煤答道，"就说你最想实现的那一个。"

小丫一脸憧憬地看着他。

"我希望遇见另一只小丫，一只真心喜欢我的小丫。"

"一只永远不会忽视你、遗忘你的小丫，对吗？"蜂窝煤意味深长地说。

小丫用力点点头。

"我就不会忽视你，遗忘你。"汉斯说。

"你会的，你经常这样。"小丫细声细气地说。

"我是和你闹着玩的嘛……"

眼看小丫和汉斯也争论不出所以然，蜂窝煤决定趁早抽身。

"小丫圆满完成了作业，恭喜！"他边说边为小丫贴上金色的小星星。

然后，蜂窝煤困顿地打着呵欠，耷拉着脑袋一步步往纸箱挪去。

第十二章

这天早晨，悲伤松塔醒来向树下张望，突然发现艾伦的坟墓不见了！地上只留下一只大坑，糖盒子也消失得无影无踪，枯萎的花圈被孤零零地扔在一旁。

悲伤松塔的第一反应是，艾伦终于飞上天了！我得赶紧告诉麝鼠去。

他全速向麝鼠家跑去。别看他没有腿，连滚带跳的前进效率倒也挺高。

"麝鼠！艾伦飞上天啦！"

"真的吗？什么时候的事？"

"就昨晚！"经历了高强度的一路奔波，悲伤松塔急促地喘着粗气，"坟墓空荡荡的，艾伦不见了！"

"她肯定飞到天上去了。"麝鼠语气十分肯定，"这下你应该高兴了吧。"

悲伤松塔并没有那么高兴，他宁愿艾伦飞回松树上来。

"那她把糖盒子一起带上去了吗？"

就麝鼠所知，一些天使会带着盒子，另一些则不会。俄罗斯的麝鼠天使们都有带上盒子的习惯。不过重要的是，艾伦一定穿着白色的裙子，重新恢复了年轻活力。

"我们得赶紧通知大家！"悲伤松塔说。

麝鼠觉得没必要兴师动众。熊大叔就不相信什么天使，特别是不相信橡胶猴子能变成天使，所以肯定会挖地三尺一探究竟。但是这件事应该让汉斯知道，艾伦，蜂窝煤，小丫，马克和熊大叔以前都是他的玩偶。

临走前，他们又向洞内看了一眼，突然发现一个亮闪闪的东西。原来是石球！肯定有什么不对劲，石球居然一声不吭，笑都不笑。

"喂，石球！你怎么了？"悲伤松塔问。

石球拼命眨着眼睛。

"我的眼睛里进沙子了。救命！"

麝鼠抓起石球，对着她的眼睛小心地吹气。

石球惬意地舒了口气。

"现在好啦！"

沙子虽然吹走了，新的麻烦又来了。对于石球来说，麝鼠的行为是一次前所未有的亲密体验，她简直要立刻移情别恋，放弃冷冰冰的铁皮发条鸭，转而投向麝鼠的怀抱。这令她感到无比纠结和痛苦。

麝鼠和悲伤松塔对此一无所知，他们不紧不慢地往前走，打算将艾伦复活的消息告知蜂窝煤和汉斯。

石球圆睁眼睛，寸步不离地滚在后面，期待再次眼睛进沙子，重温亲密体验。可惜一路都是苔藓和草地，一粒沙子也没有。

他们先抵达纸箱学校。乍一看，纸箱内似乎空空荡荡；仔细观察才发现，斑点熊正孤零零蜷缩在角落里，怀里还抱着根树枝。

"我的小可爱，你怎么自己在家呀？"麝鼠问。

"嘘！"斑点熊小声说，"别吵醒宝宝！"

说完，她轻轻摇了摇怀中的树枝。

"蜂窝煤呢？"

"他忙着呢。"

"忙什么呢？"

"外出觅食啊，他是爸爸嘛。"

直到这时，大家才弄明白原来他们在玩游戏。麝鼠回忆起小时候，兄弟姐妹一起玩过家家的时候，他总是扮演又哭又闹的宝宝，哥哥姐姐们都在外面觅食。

"爸爸还要多久回家呀？"麝鼠问。

"不知道，不过妈妈现在要做饭啦。"斑点熊边说，边将树枝放在地上。

"妈妈打算做什么饭呢？"悲伤松塔很好奇。

"什么都行。"

就在这时，地上的宝宝哇哇哭了起来，斑点熊必须赶紧把他抱起来。

看着这个忙碌而温馨的小家庭，麝鼠和悲伤松塔不禁微笑起来。

石球早就滚远了。他打算去沙坑里碰碰运气，说不定眼睛进沙的同时，还能碰见马克和铁皮发条鸭呢！

没过多久，蜂窝煤慢吞吞地从树林里折了回来，嘴里塞满了各种各样的球果。他把球果一只一只吐在地上，这才喘了口气，和他们打招呼。

"你们好。"蜂窝煤疲倦地说。

"宝宝饿啦，吃的东西呢？"纸箱里响起一个气冲冲的声音。

"来了来了！"蜂窝煤赶紧答应。

"我们就不打扰老兄玩游戏了，"麝鼠说，"不过有件事要说一下，艾伦飞到天上去了。"

"什么？艾伦飞上天了？什么时候的事？"

"就昨晚，"悲伤松塔说，"她的墓地已经空了，花圈还在。"

蜂窝煤不知道该不该相信，毕竟在他认识的朋友中，谁都没有成为天使的经历。只有当感觉很糟的时候，他才愿意相信天使的存在——尽管他从来没见过。

"熊大叔知道这件事吗？"

"还不知道。"

"暂时先别和他说，别惹他发火。"

"我们也是这么想的。"麝鼠说。

"喂！吃的东西哪儿去啦？"斑点熊不耐烦地用树枝敲打墙壁，大声嚷嚷。

"我得赶紧进去了。"蜂窝煤说完，忙不迭地钻进了纸箱。

汉斯还不知道艾伦身上发生的奇迹，他和小丫似乎还在小洞另一边的紫丁香丛中流连忘返。麝鼠和悲伤松塔只好坐在小洞的这一边耐心等待。

暖暖的空气中弥漫着花香，蜜蜂嗡嗡地飞来飞去。他们很快感到浓重的倦意，相互依偎在草地上沉

沉睡去，丝毫没注意到汉斯驾着小推车冲过小洞。

汉斯叫醒麝鼠和悲伤松塔，好奇他们为什么在大白天呼呼大睡。

"我们在等你啊。"

"还有我吧。"汉斯的口袋里传出小丫的声音。

"对，我们在等你们。"麝鼠纠正道。

接着，他们向汉斯和小丫描述了艾伦的奇迹——她带着糖盒子一起飞上天去了。

汉斯和小丫似乎并不惊讶。

"她应该变成天使了吧。"汉斯说。

"也有可能变成一只小丫。"小丫说。

麝鼠建议他们再看一眼艾伦的墓地，但汉斯和小丫都说无所谓。不就是一只坑嘛，有什么好看的，再说，他们还急着去沙坑建造世界上最高最陡的坡道呢！

总之，他们对艾伦的升天之旅表示出完全的理解。

第十三章

石球永远不知道从失败中吸取教训。她一次又一次地陷入爱情，不管对方是否乐意，她都不顾一切地追随自己所谓的未婚夫，这种行为任谁都受不了！在石球接触过的异性中，只有悲伤松塔幸免于难。通过在储藏室过夜的经历，石球认定悲伤松塔既严肃又无趣，顿时没了兴趣。比较而言，她还是更偏爱橡胶猴子这样活泼开朗的类型。

但她最爱的依然是香槟酒瓶塞。软木塞先生堪称活泼开朗的典范，甚至达到疯癫的程度！可是就算这样，他也难以应付石球的穷追不舍，只好选择东躲西藏。

现在，石球正全速冲向沙坑，希望眼睛里再进一次沙子，说不定这次换马克帮她吹气呢。石球美滋滋地想着，却失望地发现到处都找不到马克的身影。沙坑里只有汉斯和小丫。

"喂！石球！你想不想飞一次？"汉斯远远地朝

她喊。

石球当然没有意见。为了能找到疯疯癫癫的香槟酒瓶塞，她恨不得飞得越远越好。

于是汉斯捡起石球，用尽全力向树林深处扔去。石球随即爆发出一阵持久的骇笑，起初尖锐得有些刺耳，然后逐渐低沉下去，最后无声无息地消失在远处。

好些天过后，熊大叔无意中经过艾伦的松树时，才猛然发现艾伦的墓地只剩下空空的大坑和枯萎的花圈。不同于充满幻想的麝鼠，熊大叔给出的解释丝毫

没有浪漫色彩："艾伦肯定遭到盗墓者的丢弃，这再明显不过了。如果我们能将她找回来，一定要再举行一次葬礼，原先的程序一步都不能少。"

熊大叔看问题的态度就是这么实际。如果有谁说起天使之类的可能，熊大叔肯定嗤之以鼻。他只是可惜这么一块风水宝地，空在这里实在浪费。橡胶猴子倒是还年轻，不过他总有老去的一天……

经历了艾伦的死亡和复活，悲伤松塔的心情越来越平静。他将松树上的生活打理得井井有条，经常在储藏室里忙东忙西，有时还需要跳下来，将掉落在墓地里的球果捡回去。

他和麝鼠见面的次数也越来越多。麝鼠不再像从前一样沉迷于悲伤的诗句，也不那么多愁善感了。他们已经成为一对最要好的朋友！

对于他们的见面，熊大叔觉得可笑至极。

"他们成天都聊些什么呀？"熊大叔问蜂窝煤。

蜂窝煤认为他们的话题应该围绕俄罗斯和葬礼。

熊大叔不屑地哼了一声，他打心眼里厌倦俄罗斯的一切。至于葬礼，麝鼠和悲伤松塔都没有发言权。

"可悲伤松塔毕竟是葬礼上的装饰松塔……"蜂窝煤小心翼翼地辩解道。

"不过就在花圈上住过一阵嘛，他还真把自己当葬礼专家？"熊大叔又哼了一声，赌气地转过身去。

第十四章

近一段时间以来，汉斯王国的生活一直风平浪静。确切地说，自从葬礼结束，艾伦变成天使飞上天后，汉斯王国就没发生什么事情。

熊大叔闷闷地喝着泰迪熊咖啡。蜂窝煤在纸箱里打着瞌睡，斑点熊依然在周围跑来跑去。

自从夏天住进汉斯王国后，铁皮发条鸭已经适应了这里的生活，并且越来越自得其乐。

风平浪静的生活实在是太无聊了，哪怕来点小灾小难也行啊。有几天半夜，悲伤松塔似乎听见玻璃花瓶的尖叫声，但没持续多久就消失了。

因此，当汉斯带来旋风即将登陆的消息时，大家的精神都为之一振。旋风虽然危机四伏，却也趣味十足。熊大叔回忆起，童年时代的一次旋风曾经卷走了他的爷爷。

"他后来回来没有？"麝鼠问。

"没有，他不知道被卷到哪里去了！"

"在我们俄罗斯，旋风都……"麝鼠刚起了个话头，就被熊大叔硬生生打断了。

"哼，谁关心俄罗斯的旋风？！"

受到打击的麝鼠丝毫没有气馁。

"俄罗斯的旋风都可厉害了，前前后后卷走了我十五个堂兄弟呢。据说在整个俄罗斯，被旋风卷走的麝鼠有五万多只……他们都是因为没来得及躲进洞里才……"

熊大叔调试起留声机来，发出吱吱呀呀的响声。

"一次……一次……"悲伤松塔情急之下有些结结巴巴，"我和其他两个悲伤松塔一起绑在花圈上，来了一阵好大好大的旋风，他们都被吹跑啦，就还剩我一个。"

蜂窝煤拼命地在脑海里搜寻有关旋风的回忆，可惜一无所获。

泰迪熊贝多芬的乐章骤然响起，于是大家的讨论只好告一段落。

斑点熊在麦片铁罐里玩够了，蹦蹦跳跳地跑回来，专注地听起音乐来。斑点熊对泰迪熊贝多芬百听不厌，这一点令熊大叔喜出望外。他甚至设想过假如有一天他快死了（这一可能性微乎其微），一定立下遗嘱让斑点熊继承留声机，因为只有斑点熊才真正懂得欣赏。

但他不敢把这个想法说出来。斑点熊一旦洞悉了他的心思，会立刻提出现在就要，得不到就哇哇大哭。熊大叔最受不了这个，斑点熊一哭他就心软。

熊大叔很想做点什么讨斑点熊开心。他早就瞧斑点熊怀里的"宝宝"不顺眼了——不就是一根丑陋的树枝嘛！还不如回家给她重新做个像模像样的布娃娃呢。对！送给她一只布娃娃，这个主意不错！

但首先，熊大叔必须就旋风问题发表几句警告。

"旋风登陆时，大家必须牢牢抓住身边的固定物体，否则很有可能被卷走。切记，切记。"

熊大叔说完就回家了。

在汉斯看来，旋风登陆正是聚会的大好时机。熊大叔不是说了嘛，必须"牢牢抓住"，意思就是动弹不得。

"我们先在艾伦的松树下集合。等旋风一来，大家就牢牢抱住松树，这样谁都不会被卷走！"

汉斯的建议得到大家的响应——除了熊大叔，他早已赶回家替斑点熊做布娃娃去了。

得知旋风即将到来，马克激动得坐立不安。但是抱住松树这种行为实在不符合他的个性，马克决定驾驶摩托车冲向旋风中心，创造新的世界纪录！根据天气预报，旋风周四才会登陆，这意味着他还有好几天可以强化训练。

铁皮发条鸭也不能闲着。

"在旋风里敲鼓，想想都觉得酷！"马克怂恿他。

到家后，熊大叔照例喝了一杯泰迪熊咖啡，然后躺在沙发上打起盹来。没过几分钟，他突然想起替斑点熊做布娃娃的任务，于是一骨碌爬了起来。熊大叔手边的材料有限，只能将就着凑合了。他用一根带枝桠的粗树枝充当布娃娃身体，再将一根细树枝一折两半，当作两条胳膊。他找出一段绳子，缠缠绕绕了好多层才将胳膊固定在身体上。

目前为止，一切进展得都很顺利。但在做娃娃脑袋时，熊大叔遇到了难题。他翻遍了房子的里里外外，好不容易才找到一只大小适中的土豆。他将土豆插在树枝上——一只栩栩如生的布娃娃出现啦！

接着，熊大叔拿起墨水笔，在娃娃脸上画出两只眼睛和一只嘴巴。他又从针线盒里找出一团毛线，剪成长短相当的小段，用爷爷留下的胶水粘在土豆上，这样一来，娃娃就有了毛茸茸的头发。

最后剩下最关键也是最棘手的一步：布娃娃的裙子。在熊大叔的印象中，每只布娃娃都有条小裙子，可他该上哪儿找一条这么小的裙子呢？

既然找不到，那就自己做吧！针线盒里有一根缝衣针和一捆棉线，应该够用了。

可他还缺少做裙子的布料。熊大叔想起沙发下面还藏着不少东西，那都是他童年时代珍藏的宝贝，包括穿过的第一条背带裤和用过的第一把小铲子。可他又不是小姑娘，怎么可能有裙子嘛！

在一只发硬的奶嘴下面，熊大叔发现一块漂亮的白色手帕，上面还绣着"泰迪熊宝宝"几个字。

有啦，就拿它当布娃娃裙子的布料！

熊大叔一手举起缝衣针，一手捏住棉线，无论如何都没法将线穿过针眼，急得满头大汗。

熊大叔上一次穿针眼还是在小学的时候，当时觉得轻而易举，现在简直成为一件不可能完成的任务。

起初熊大叔还以为是缝衣针拿反了，接着又怀疑棉线太粗，最后他才意识到，问题出在自己的一双老花眼上！

他想到蜂窝煤那双摇摇欲坠的眼睛，别说穿针引线了，就连分清哪根是针哪根是线蜂窝煤倍感吃力。

这么下去可不是办法。熊大叔灵机一动，翻出爷爷留下的老花镜。

　　熊大叔端端正正地戴上老花镜，总算顺利地把棉线从针眼里穿了过去。他将缝好的小裙子套在树枝上，满意地端详起来。尽管看上去更像是只布口袋，熊大叔还是为自己的劳动成果感到骄傲。

　　熊大叔恨不得立刻朝纸箱跑去，把布娃娃送到斑点熊手中，他仿佛已经看见斑点熊喜悦的神情。可惜天色已晚，走夜路时难免会磕磕碰碰，他只好等明天再说了。

　　熊大叔将缝衣针和剩下的棉线收进针线盒中，躺在沙发上沉沉睡去。

第十五章

次日清早，熊大叔匆匆喝完一杯泰迪熊咖啡，将布娃娃藏进留声机盒子，就立刻往纸箱学校赶去了。他可不想抱着布娃娃招摇过市，要是被橡胶猴子看见了，还不知道会招来多少嘲讽呢！

熊大叔在半途中遇见了麝鼠。麝鼠嘴里嚼着一颗肉豆蔻，正往悲伤松塔家走去。眼见熊大叔将留声机盒子搁在地上，麝鼠心里直犯嘀咕：今天泰迪熊贝多芬的播放时间也太早了吧！

出乎意料的是，熊大叔只是寒暄了几句天气，咕哝了几声追寻联盟的口号，然后拎起留声机就走了。熊大叔满心幻想着斑点熊喜出望外的模样，她肯定会情不自禁地手舞足蹈。

纸箱盖子紧紧关着，里面静悄悄的。熊大叔砰砰砰砰地敲了好一阵，蜂窝煤才将纸箱盖掀开一条缝，探出鼻子嗅了嗅。

"早上好，追寻联盟的老兄！"熊大叔说，"斑点熊在里面吗？"

蜂窝煤不知该如何回答。每天早晨睡眼惺忪的时候，他那双耷拉着眼皮的眼睛完全无法对焦，看东西都是模糊一片。

"老弟，你还是自己看吧。"

熊大叔趴在纸箱上往里瞧。《中国的内政》后面的角落里，可爱的斑点熊正用手枕着脑袋，沉浸在睡梦中。

"喂！小可爱！醒醒！"熊大叔捏着嗓子说。

斑点熊立刻睁开眼睛，开心地跳出纸箱。

"泰迪熊贝多芬！"

"等一下，等一下。先看看你的礼物吧。"熊大叔边说边打开留声机盒子。

斑点熊不敢相信自己的眼睛。

"这是一只布娃娃吗？"

"没错，这是斑点熊的布娃娃！熊大叔亲手做的！"

斑点熊亲昵地扑进熊大叔的怀里。

"熊大叔最好了！斑点熊好高兴！"

她抱起布娃娃，看了看裙子，拉了拉头发，最后小心翼翼地摸了摸土豆。

"好漂亮的布娃娃！"

坐在一旁的熊大叔欣喜地看着这一切，感动得热泪盈眶。

蜂窝煤后悔极了：自己怎么没想到给斑点熊做一只布娃娃呢？现在可好，风头都让熊大叔抢走了……

"我说老弟，这条裙子是你亲手做的？"蜂窝煤试探地问。

熊大叔点点头。

"那当然，这可是我一针一线缝出来的！"

蜂窝煤深深折服于熊大叔精湛的手艺。看来斑点熊的确没有夸张，熊大叔家里一应俱全，又漂亮又精致。

斑点熊将布娃娃紧紧抱在怀里。

"你给布娃娃起个名字吧。"熊大叔建议。

斑点熊沉思了一会儿。

"呱呱。"她说。

"叫——呱呱？叫呱呱？呱呱叫？"

"对。"

"这名字可不多见啊。"蜂窝煤说。

"别说，还真挺好听呢。"熊大叔表示赞同。

斑点熊一脸喜悦，抱着呱呱不肯松手。她拔脚就往麦片铁罐跑，急着要给马克和鸭鸭展示自己的布娃娃。

蜂窝煤现在才算彻底清醒过来。他挪到熊大叔身边坐下，礼貌地问了声好。熊大叔拍了拍留声机盒子，咳嗽两声清了清嗓子。

"老兄，我想和你商量件事。如果老兄不介意的话，我想请斑点熊来家里住两天。我有张玩具小床，正好可以给她睡。"

熊大叔的这番话仿佛兜头泼来一盆凉水。蜂窝煤当然介意！但他不好明说，只能拐弯抹角地找借口。

熊大叔立刻听出了蜂窝煤的不情愿，但他并没有气馁。一旦上了年纪就有这样那样的麻烦，指不定哪天，蜂窝煤眼睛掉了或是脑震荡了，根本没法照顾斑点熊。自己有的是机会！

第十六章

不知不觉间，麝鼠又一次为深深的忧郁所困扰。之前很长一段时间内，他的心情一直不错，甚至连一句悲伤的诗都没写过。悲伤松塔感到难过时，麝鼠不断给他积极的鼓励和安慰，而随着对方渐渐好转，麝鼠自己却重新陷入低落。

"生命的意义是什么？"他喃喃地自言自语，"如果俄罗斯不是全部，那还有些什么……"

130

他想了又想，改了又改，怎么都找不到创作的灵感。

麝鼠躺在小毛毡上，紧紧闭起眼睛。他正想好好睡上一觉，悲伤松塔的长鼻子突然从洞口伸了进来。

"追寻联盟的好兄弟！你病了吗？"

"追寻联盟的好兄弟！我忧郁了。"麝鼠小声回应。

悲伤松塔不知说什么好。

"疼吗？"

"疼，很疼很疼。"麝鼠回答。

"会很快好起来吗？"

"有些事情永远也好不了。"麝鼠叹了口气。但他的语气显然没那么沉重了，也愿意爬出洞口和悲伤松塔聊聊天了。

"我想到远在俄罗斯的家人们，这辈子大概都见不到了。"麝鼠说，"你的家人在哪里？"

悲伤松塔认真思考起来。就他所知，自己好像从来没有家人，只有几个在花圈上认识的朋友。不过他们后来被旋风卷走，从此杳无音信。

得知悲伤松塔的凄惨身世后，麝鼠的心情好了许多。一想到旋风即将登陆汉斯王国，麝鼠的忧郁立刻一扫而空。

他们哼着小调，结伴向黑海边出发，赶去欣赏最美丽的日落。

第十七章

　　无论走到哪里，斑点熊的布娃娃都会成为大家关注的焦点。有好几次，马克想要用布娃娃当鼓棒敲鼓，都遭到斑点熊严厉制止。汉斯也想要抱一抱布娃娃，摸摸她的土豆脑袋是不是牢固，但同样被斑点熊无情地拒绝了。

　　每天，到了布娃娃午睡的时候，斑点熊都会将她抱回纸箱。这让蜂窝煤觉得心里暖洋洋的。不管熊大叔做多少只布娃娃讨好她，这里毕竟是斑点熊的家啊！由于布娃娃怕冷，蜂窝煤特意找出一只隔热垫给

她当被子。于是，布娃娃盖着隔热垫，斑点熊依偎着布娃娃，蜂窝煤依偎着斑点熊，他们三个就这样安然入睡。

这天，蜂窝煤的耳朵突然疼得厉害。斑点熊用一根树枝伸进去捅了捅，可惜无济于事。汉斯跑过来，换上一根长长的树枝试了试，没几下就掏出一只球果，蜂窝煤的耳朵立刻不疼了。

汉斯王国的居民很少有病痛的经验。马克和铁皮发条鸭的肚子里都是空空的，倒也不奇怪。小丫从里到外都是棉布，因此感觉很迟钝。熊大叔和蜂窝煤的身体里满是毛絮，因此知觉稍微灵敏一些。麝鼠很难说，毕竟谁都不知道他身体里藏着什么。不过他的多愁善感可是出了名的。至于艾伦，松树下的锯末堆已经说明了一切。软木塞自然是木头做的，石球自然是石头做的。他们根本没有感觉！

很早之前，斑点熊曾患过线条病，躺在纸箱里不停地发抖，浑身烫得像块刚出炉的山芋。大家都以为她会撑不过去，急得团团转，直到麝鼠用橡皮擦逐一擦掉她身上的线条，斑点熊才又恢复了生气。

好在目前大家都活力十足，因为旋风就要来了。

他们每天都在黑海边张望，生怕错过了集合的时间。

旋风的登陆往往来势凶猛，猝不及防，大家提前聚集在艾伦的松树下。安全起见，汉斯先将小推车牢牢绑在了树上。

"谁想坐在小推车里？"他问。

小丫第一个应声附和（当然他早就坐在里面了），大家陆陆续续都表示愿意，只有马克和铁皮发条鸭除外——马克已经蓄势待发，希望创造新的世界纪录，可怜的鸭鸭一边被迫陪他迎接挑战，一边眼巴巴地望着小推车。

"还是抱着松树更安全。"熊大叔发表自己的看法。

蜂窝煤和斑点熊才不在乎这些，他们早早地跳进了小推车。

既然是旋风聚会，汉斯特意准备了果汁和小面包。由于旋风随时会来，大家都在抓紧时间狼吞虎咽，熊大叔格外谨慎，自始至终牢牢抱住松树，根本腾不出手吃东西。在大家好心规劝下，他才勉强拿起一只小面包。

就在熊大叔将面包塞进嘴里的一刹那，旋风骤然

而至，在空中形成一个旋涡！大家既害怕，又兴奋，纷纷尖叫起来。

橡胶猴子跃跃欲试地准备向旋风中心发起冲刺。可还没来得及发动引擎，他就已经被旋风卷了起来。紧随其后的是铁皮发条鸭，还有一个倒霉鬼居然是熊大叔！

他们声嘶力竭地发出求救的呼叫，但声音迅速地被淹没在旋风的呼啸中。在大家惊恐的目光中，马克、鸭鸭和熊大叔被旋风越卷越高，越刮越远，越过树林尽头，越过黑海边界……直至消失在视线之外。

大家不敢相信自己的眼睛：他们真的被旋风卷走了！

斑点熊不停地哭喊："快回来，熊大叔！"

其他几个则不知所措地面面相觑。

朝夕相处的老朋友就这样被旋风卷走了？被吹到地球的另一边去了？

可怜的熊大叔！他还从来没有被风刮走的经历呢。还有可怜的鸭鸭！至于橡胶猴子则不值得同情，他看起来倒是挺心甘情愿的。

"怎么办？我们要不要赶紧追？"麝鼠焦急地绞着手。

"追也没用，他们不知道被刮到哪儿去了。"汉斯说。

斑点熊蜷缩在蜂窝煤的怀里哭个不停。

"有我呢。"蜂窝煤轻声安慰她。

"斑点熊要熊大叔。"斑点熊抽抽搭搭地说。

这么一来，汉斯王国只剩下六位居民了。艾伦死了，小松塔和冷杉果不算在内，神出鬼没的石球也被排除在外。

该怎么办？

"要不让悲伤松塔念一段祷告？"蜂窝煤提议。

悲伤松塔可不会祷告。每到葬礼上的祷告环节，他都会昏昏欲睡。

这时，汉斯突然想起关于旋风的传说：一段时间后，旋风会朝相反的方向刮回来。

"我们就在原地等着，旋风肯定会把熊大叔、马克和鸭鸭吹回来的！听上去很好玩吧！"

　　斑点熊这才破涕为笑。

　　他们喝完剩下的果汁，分吃掉最后一只小面包，然后耐心地等待旋风再次降临。

　　树林里静悄悄的，似乎又回到旋风登陆前的安宁。但随着远处突然传来的呼啸声，树林开始发出窸窣的响动，树枝的晃动也越来越剧烈……

　　旋风再度袭来时，他们紧紧闭上眼睛，蜷缩在小推车里一动也不敢动。

　　在旋风的呼啸声中，麝鼠依稀听见几下沉闷的撞击声。但直到旋风过境，向黑海边推移时，他才敢睁开眼睛，循着声音的方向张望。

　　大家简直不敢相信自己的眼睛！松树边的草地上躺着脸色煞白的熊大叔，不远处，马克和鸭鸭头朝下脚朝上倒栽在地上。

　　最令大家吃惊的是，石球居然跟着旋风飞了回来。她躺在马克和鸭鸭中间，发出歇斯底里的骇笑。

　　经历了有惊无险的这一场风波，大家的心情重新开朗起来。

　　看着飞扑进怀里的斑点熊，熊大叔难以抑制心中的激动，赶忙掏出手帕悄悄拭去眼泪。

　　铁皮发条鸭似乎惊魂未定，只有马克一脸不屑的表情。

　　"小事一桩！"他反复念叨，"简直不值得一提。你说是吧，鸭鸭？"

　　鸭鸭还没来得及表态，松树上突然响起一个熟悉的声音："快给软木塞之王让路！"

　　原来是香槟酒瓶塞，他也被旋风一起刮了回来。

　　石球心中一阵狂喜，骇笑声越发歇斯底里。软木塞很快意识到自己的危险处境，以迅雷不及掩耳之势从松树上一跃而下，连蹦带跳地跑远了。

还没等大家回过神来，石球已经向软木塞逃离的方向加速滚去。一眨眼的工夫，这一对欢喜冤家就已经又一次消失得无影无踪了！

旋风过境之后，汉斯王国又重新恢复了安宁和平静。小鸟在枝头发出叽叽喳喳的叫声，蜂窝煤靠在纸箱外，为斑点熊和布娃娃呱呱哼唱小调。蜂窝煤其实不会唱歌，可为了讨斑点熊开心又不得不唱。他只好捏着粗粗的嗓门，咿咿呀呀地哼着松鼠和猫咪的童谣。

才唱到一半，斑点熊突然一把举起呱呱，在蜂窝煤眼前晃了晃："快看！呱呱长疙瘩了！"

蜂窝煤凑近仔细端详了一番，但什么也没瞧出来。他摸了摸呱呱的脑袋，好像是有点凹凸不平。不过土豆脑袋就是这样嘛，迟早都会变得皱巴巴的，就像熊大叔和他自己一样，一上年纪就容易长皱纹。这都是自然规律！

不过斑点熊还太小，不懂得什么自然规律。她可不想要一只疙疙瘩瘩的布娃娃，所以，她决定找熊大叔除掉呱呱脸上的疙瘩。

"熊大叔万一不在家呢？"蜂窝煤试探地问。

"不会的，他肯定在家。"斑点熊信心满满。

熊大叔的确在家，只不过斑点熊忘记他家在哪儿了。

斑点熊兜兜转转了好久，不停地喊呀喊。熊大叔正坐在沙发上整理自己的旧玩具，听见斑点熊的声音后，赶忙跑出门将她领进来。斑点熊一把将呱呱塞在熊大叔手里，气喘吁吁地说：

"呱呱长疙瘩了！"

熊大叔的视力可没有蜂窝煤那么差，他一眼就看出问题所在，迅速地在心里盘算着家里还有没有新鲜土豆。

"不要疙瘩，不要疙瘩！"斑点熊嚷嚷。

"放心，熊大叔保证让她恢复原样。"熊大叔拍着胸脯说，"斑点熊在沙发上稍等片刻，熊大叔这就去厨房除掉疙瘩。"

他找出一只表皮光滑的土豆，迅速替换掉皱巴巴的那只。他将毛线头发贴在布娃娃的新脑袋上——完全看不出破绽嘛！现在他得赶紧画上新的眼睛和新的嘴巴。

"快好了吗？"斑点熊喊。

"快了，快了！"

"呱呱不疙瘩啦！斑点熊来啦！"

看见焕然一新的呱呱，斑点熊起先还很高兴，但很快就撅起小嘴。

"呱呱怎么一只眼大，一只眼小？"

熊大叔赶紧编出一个理由。

"一旦除掉疙瘩，她就会一只眼大，一只眼小。事情就是这样的。不过呱呱现在很健康，斑点熊应该高兴才是。"

斑点熊用了好一会儿才适应呱呱的大小眼，然后她一直饶有兴趣地盯着熊大叔整理旧玩具。熊大叔刚想拿起一只发硬的奶嘴仔细端详，突然被斑点熊看得有些不自在。

"斑点熊该回家啦，再见！"

他将斑点熊送出门，重新坐回沙发上，这才松了口气。

第十八章

自从那晚艾伦飞出墓地以后，她的行踪就成了一个谜。麝鼠觉得，她很有可能坐在大家头顶上的某一朵云里，穿着一条漂亮的白裙子，不时地飞来飞去。

悲伤松塔已经不再抱有幻想。根据他多次出席葬礼的经验，还从没有谁会飞出墓地变成天使呢。不过随着独居不适感的渐渐消退，他的心情明显开朗许多。悲伤松塔每天都会和麝鼠见面，畅谈有关生命、死亡一类的严肃话题。

这天，蜂窝煤又在艾伦的松树下晃悠，琢磨着用什么将大坑掩埋起来。反正艾伦已经不在里面了，凹下去一大块多难看啊！

熊大叔觉得蜂窝煤的想法简直蠢到家了。这么好一块墓地，可以反复多次使用嘛！

"再说了，万一哪天我们的老同学又找到了，我倒要问问，你打算把她埋哪儿？"

蜂窝煤根本没设想过这种情况。寻找活蹦乱跳的

斑点熊已经难度重重，何况要找到死去多日的艾伦？
果真如此，他可以再挖一只新的坑嘛！

旋风惊魂过后一连好多天，熊大叔都没精打采地
蜷缩在沙发上，一杯接一杯地喝泰迪熊咖啡。现在他
总算是恢复了元气，开始考虑追寻联盟召开新一次会
议的计划。他酝酿了两个值得讨论的议题：

第一，软木塞是否拥有生存的权利？

第二，石球是否拥有生存的权利？

第一个议题在上一次会议中曾经讨论过。但熊大叔认为仍然有再次讨论的必要。毕竟软木塞的态度收敛许多，疯癫程度也有所降低。

第二个议题已经困扰熊大叔多时。每当石球猝不及防地滚出来兴风作浪时，熊大叔的脑袋都会一阵阵发涨。

就这么定了，下午三点，追寻联盟全体成员于纸箱外集合。

麝鼠和悲伤松塔经过一番长途跋涉，总算在三点前准时赶到。

蜂窝煤特意进行了大扫除，他细心地将几根臭烘烘的骨头藏在纸箱后面，免得惹熊大叔生气。

至于斑点熊，早就不知道抱着呱呱跑到哪里去了。

熊大叔拎着装有议题的留声机盒子，雄赳赳气昂昂地出现在纸箱前。紧随其后的是铁皮发条鸭，他一路都在紧张地敲鼓，就像一个忠心耿耿的护卫。

大家都在纸箱边各就各位后，熊大叔按照惯例致以欢迎词，然后拿出写有议题的纸张，一板一眼地宣读起来。

"第一个议题，"他清清嗓子以示强调，"软木塞是否拥有生存的权利？"

台下一片沉默。

"既然冷杉果拥有生存的权利，软木塞也应该拥有生存的权利。"过了好久，悲伤松塔才小声发表意见。

"我要特别提醒悲伤松塔注意，软木塞是木头做的，与冷杉果存在本质的区别。现在，我们来听听蜂窝煤老兄对此的看法。"

"冷杉果是冷杉果，软木塞是软木塞，不能混为一谈。"蜂窝煤沉思良久，谨慎地开了口。

"说了等于没说，"熊大叔嘀嘀咕咕道，"我这么问好了，像软木塞这样的疯子，是否同样拥有生存的权利？"

"既然觉得他是疯子，那干脆扔掉好了。"蜂窝煤避重就轻。

"这个办法又不是没试过。现在是做个了断的时候了！"熊大叔有些激动。

"我插一句，"麝鼠小声说，"我们讨论的是所有软木塞，还是专指香槟酒瓶塞？在我们俄罗斯，光香槟酒瓶塞就有成千上万只，他们都是值得尊重的守法公民。"

熊大叔不屑地哼了一声。

"我说麝鼠，这里可不是俄罗斯。我们讨论的是一只疯疯癫癫的香槟酒瓶塞。照我的意思，干脆一棒子打死算了。"

他接着转向铁皮发条鸭。

"就这个问题，我们能听听鸭鸭的看法吗？"

鸭鸭神经紧绷到了极点。他完全没有任何看法，保险起见，他决定附和上一位发言者的观点。

"综上所述，软木塞应该被驱逐出境！"熊大叔边说边在议题旁做了个记号。

"现在我们讨论下一个议题：石球是否拥有生存的权利？"

所有成员脸上都浮现出纠结的神情。虽说大家对石球的印象实在不怎么样，可无论遇到什么险情，石球都能安然无恙地存活下来。

"要么，我们把她再扔远一点？"蜂窝煤提议。

熊大叔重重叹了口气。

"你们也清楚，无论扔多远，她迟早都会滚回来的。还是把她沉进黑海里最保险。"

　　麝鼠的脸色霎时变得苍白。

　　"那她会淹死的！"

　　"石球不会淹死的。"熊大叔说，"她会呼呼大睡，直到被捞出来为止！"

　　追寻联盟的成员面面相觑。老实说，大家已经受够了石球的所作所为。铁皮发条鸭被她追得无处藏身，蜂窝煤一听她的骇笑就浑身哆嗦。

　　"铁皮发条鸭的意见呢？"

　　"我同意大家的意见。"鸭鸭谨慎地说。

　　至于悲伤松塔怎么想，大家也不是很在乎。石球的确曾在悲伤松塔的储藏室里睡过一晚，但仅此而已，他们反正也没成为好朋友。

　　"经过全体成员的讨论，追寻联盟一致决定，找一个合适的机会，将石球沉入黑海！"熊大叔宣布道。

　　"那软木塞呢？"蜂窝煤问，"顺便把他一起扔进去吗？"

　　"亲爱的老兄，你忘了吗，软木塞是会浮起来的。"

　　蜂窝煤不好意思地缩了缩脑袋，自己还真是越来越健忘了。

　　熊大叔向他投去严厉的目光。

　　"软木塞既会漂也会飞，不过钻洞的本领就差多了。要我说，老兄不如挖一只很深很深的洞，把软木塞埋在里面。"

　　蜂窝煤忙不迭地点头称是。

　　眼看会议接近尾声，追寻联盟的成员们都活跃起来，但泰迪熊贝多芬的音乐可是必不可少的。熊大叔埋头摆弄起留声机来，其他成员则再一次陷入昏昏欲睡的境地。

　　就在熊大叔将唱片放上转台的同时，斑点熊抱着呱呱一蹦一跳地出现在大家面前。她跟随音乐手舞足蹈起来，这份喜悦迅速感染了大家，泰迪熊贝多芬听起来似乎也没有那么刺耳了。

　　就在大家沉浸在一片欢乐之中时，汉斯驾着小推车冲了过来，小丫照例被他揣在口袋里。汉斯一脸神秘，说什么都不肯揭开小推车里盖的布，非要大家猜下面藏着什么。

"你们永远也猜不到！"汉斯得意地嚷嚷。

　　熊大叔合上留声机，斑点熊停下舞步，大家凑近小推车，纷纷开动脑筋。

　　蜂窝煤猜下面藏着一根很大很大的骨头；麝鼠说是一块俄罗斯黑面包；悲伤松塔希望见到一大堆小松塔；熊大叔认为猜来猜去很幼稚，因此持保留态度；至于斑点熊，她还不知道猜是什么意思。不过正如汉斯所说，谁都没猜对！

　　"你们永远也猜不到！"汉斯又嚷嚷了一遍。

　　"我说小家伙，你觉得猜来猜去的有意思吗？"熊大叔嘟囔道。

　　熊大叔正准备拎起留声机往家走，却被汉斯拦了下来。

　　"等等嘛，熊大叔。我这就要揭晓谜底啦！"

　　汉斯一把揭开布，大家都惊呆了。

　　"这不是艾伦嘛！她又活过来了？艾伦，艾伦，是你吗？"

　　艾伦没吭声。她躺在小推车里，睁着一双布满皱纹的眼睛望向大家。尽管面容苍老，但她看上去精神不错，身体又恢复了鼓鼓囊囊的形态，原本破破烂烂的长鼻子也缝好了。

悲伤松塔喜极而泣。

"简直是奇迹！"他抽抽搭搭地说，"艾伦，你听见我说话了吗？"

"听见啦，我又不聋。"艾伦说，"早上好啊，各位。"

"简直难以相信！"麝鼠的语气中有掩饰不住的兴奋。

"是谁帮她把锯末塞回去的？"熊大叔很好奇，"小丫，是你吗？"

　　"不，不是我，是汉斯。"小丫细声细气地说。

　　"亲爱的艾伦，"熊大叔激动说，"你不知道我们大家有多高兴，欢迎回到汉斯王国！"

　　熊大叔的嗓音越来越颤抖，最后哽咽得说不出话来。为了掩饰失态，他赶紧拎起留声机逃回家去了。

　　熊大叔前脚刚走，橡胶猴子后脚就到。大家不由得为他们的擦身而过庆幸万分。

　　纸箱周围的气氛达到空前的高涨。铁皮发条鸭咚咚咚敲起小鼓，大家手拉手跳起舞来。蜂窝煤和艾伦上了年纪，只能坐在一旁拍手，汉斯个头太大，完全无法参与。

　　"马克，快来看！艾伦又活过来了！"汉斯冲马克喊道。

　　"什么？老太太又活了？真好玩！"马克挠挠头。

　　说完，他一头冲进载歌载舞的队伍，施展开招牌的摇滚舞步。

　　蜂窝煤将艾伦搀扶到纸箱边坐下，轻轻摸了摸她的长鼻子，仿佛回到过去的美好时光。

"我们又能在一起了，艾伦，我做梦也想不到有这么好的事。"

"我也没想到。"艾伦轻轻地说。

"喂，别忘了是我把艾伦救活的！"汉斯在一旁嚷嚷起来，"我说蜂窝煤，要是你死了，我也负责把你救活吧？"

"那还用说。"蜂窝煤微笑着点点头。